신들의 거처

셈의 여정

윤대현 장편소설

신들의 거처

셈의 여정

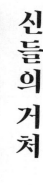

좋은땅

목 차

행복한 어린 날의 꿈

산들거리는 바람이 소년의 얼굴을 스친다. 새들이 지저귀고 푸른 나뭇가지가 소년의 얼굴을 가리고 있다. 푸르른 풀밭. 코를 자극하는 진한 꽃향기. 고요한 태양 아래서 한 소년이 잠을 자고 있다.

소년의 입가에는 슬며시 미소가 피어난다. 소년은 모처럼 즐거운 꿈을 꾸고 있었다. 소년에게는 세상 그 누구보다 서로를 아꼈던 형이 있었다. 그의 형은 정의로웠고 용감했다. 하지만 그의 용기가 무모함으로 번졌던 탓일까. 그의 형은 5년 전 금지된 영역으로 넘어갔고 결국 죽음을 맞았다.

하지만 죽음도 형제의 우정을 가를 수는 없었다. 형이 가끔씩 소년의 꿈에 찾아왔기 때문이다. 진정한 사랑은 언제나 함께할 수 있는 방법을 찾아내기 마련이다.

"셈, 잘 있었니? 어머니, 아버지도 별일 없으시지?"

다부진 체격에 우락부락한 근육질 몸을 가진 남자가 손을 흔들었다.

"야벳 형! 오랜만이야."

셈은 곧장 형에게 달려가 안겼다. 야벳도 동생을 끌어안으며 흐뭇하게 웃었다.

"형 키가 더 큰 거 같은데? 몸에 털도 막 나는 것 같아."

"그래, 아직 성장기니까 당연하지. 몸에 털도 조금씩 굵어지고 있어. 봐 봐."

야벳은 가슴에 있는 털을 보여 주었다. 가슴을 덮고 있는 가는 털들 사이로 굵은 털들이 듬성듬성 눈에 띄었다.

"와, 신기하다. 형 그곳에서도 계속 자라는 거야?"

셈은 야벳 가슴에 있는 털들을 손으로 쓸어 보았다.

"그럼. 안 자라는 게 더 이상한 거 아니야?"

야벳은 자리에 앉았다.

"안 본 사이에 너도 더 큰 것 같다. 너랑 같이 어른이 되고 싶었는데……. 그러지 못해서 참 아쉽다."

셈은 눈에 눈물이 고이는 것을 간신히 참아 냈다. 오랜만에 형의 얼굴을 보는 기쁜 날이니까. 슬퍼하는 것은 잠에서 깬 이후에도 충분히 할 수 있는 일이니까.

"그래도 형 조금만 참아. 어차피 나도 언젠가 형 곁으로 가게 될 텐데. 나중에 내 아내랑 아이들이랑 같이 형을 보러 가는 날이 오게 될 거야. 그러니깐 형 거기서도 씩씩하게 잘 지내야 해!"

야벳은 빙그레 웃어 보였다.

"그래, 셈. 그래도 너무 빨리 오지는 마. 넌 그곳에 최대한 오래도록 머물러 있으라고."

야벳의 모습이 점점 사라지기 시작했다.

"형, 다음에 또 봐! 심심하면 언제든지 꿈으로 찾아와."

셈은 세차게 손을 흔들었다. 셈이 눈을 떴을 때 얼굴은 눈물로 범벅이 되어 있었다. 셈은 자리를 털고 일어났다. 형을 위해서라도 오늘 더 행복하고 씩씩하게 살아가는 것이 옳은 일이니까. 셈은 조용히 눈을 감으며 걸었다. 자연이 내는 아름다운 소리에 귀를 기울였다. 상쾌한 풀 내음이 나는 공기를 깊게 들이마셨다.

이런 게 살아 있는 자의 특권이겠지. 셈은 마음속으로 조용히 가능님께 감사 기도를 드렸다. 누군가에게 평범한 하루가 누군가에게는 다시는 돌아올 수 없는 특별한 하루가 되는 법이다. 살아 있는 자의 하루가 죽은 자의 천 날보다 더 의미 있는 법이다. 셈은 마음속으로 경구를 읊조렸다. 그때 기다란 풀잎 사이로 무언가 움직이는 소리가 들렸다.

'부스스슥 부스슥.'

커다란 무언가가 빠른 속도로 셈을 향해 접근하고 있었다. 셈은 이를 눈치채고 소리가 나는 쪽으로 시선을 돌렸다.

'쿠아앙!'

풀 속에서 커다란 곰 한 마리가 튀어나왔다. 곰은 울부짖으며 셈에게 거대한 발바닥을 휘둘렀다. 셈은 곰에게 시선을 떼지 않은 채 뒤로 점프하며 간신히 공격을 피했다. 곰이 이번에는 네 발로 돌진하며 날카로운 이빨을 들이밀었다. 셈은 물러서지 않고 전투태세를 갖추더니 주먹을 곰의 턱에 한 방 먹였다.

곰은 잠시 휘청거렸다. 하지만 이내 중심을 잡고 몸을 일으켜 세웠다.

곰은 앞발을 들고 셈의 머리를 향해 휘둘렀다. 셈은 팔을 들어 공격을 막아 냈지만 팔에서 붉은 피가 흘러내리기 시작했다. 셈은 지지 않고 곰의 명치에 주먹을 꽂았다. 이어 다리에 발길질을 했다. 곰은 계속 앞발을 휘둘렀다. 셈은 침착하게 공격을 피하며 곰의 자세가 낮아질 때마다 얼굴에 주먹을 적중시켰다. 곰이 잠깐 비틀대자 셈은 재빨리 곰의 몸에 착 달라붙었다.

곰이 물지 못하게 목을 팔로 감고 다리로 곰의 허리를 감으며 매미처럼 딱 달라붙어 버렸다. 곰은 셈을 떼어 내려고 난동을 부렸다. 하지만 셈은 쉽사리 떨어지지 않았다. 셈은 곰의 뒤로 돌아서서 곰의 목을 조르기 시작했다. 곰은 셈을 떨어뜨리기 위해 몸을 뒤흔들었다. 그럼에도 셈은 절대로 곰을 놓지 않았다.

곰이 발톱으로 셈의 팔을 할퀴었다. 셈의 팔과 곰의 털은 피로 물들기 시작했다. 하지만 셈은 절대로 포기할 뜻이 없어 보였다. 그러자 곰은 바닥에 엎드렸다. 그리고 가볍게 셈의 팔을 두 번 두드렸다. 셈은 곰의 목을 조르던 팔을 풀었다. 그러고는 한바탕 크게 웃었다. 곰 역시 웃고 있는 듯 보였다.

"넌 나한테 안 된다니까, 보이코. 훈련 좀 더 열심히 하란 말이야."

셈이 곰에게 말했다. 곰은 약간 불만스럽게 이야기했다.

"내가 이빨만 제대로 사용했어도 이길 수 있었어."

"그렇게 따지면 나도 네 이빨을 다 부러뜨릴 수 있었는데?"

셈은 얄밉게 웃어 보였다.

"결과에 승복을 하라고. 아니면 내가 타라스크 등껍질로 만든 갑옷 입고 올 테니깐 제대로 한 번 붙어 볼래?"

"쳇. 그게 무슨 소용이야. 실전에서는 갑옷 입을 시간 따윈 주지 않는다고."

보이코는 진 게 억울했던지 계속 툴툴거렸다. 셈은 옆에 있는 풀숲에 가서 연주황색 꽃을 몇 송이 따기 시작했다. 꽃을 손으로 비빈 다음 상처 난 곳에 발랐다. 그랬더니 상처는 온데간데없이 다 사라졌다. 셈은 꽃 몇 송이를 더 비벼서 보이코의 몸에도 발라 주었다.

보이코는 셈의 곰이다. 셈이 태어난 시기와 비슷하게 태어났다. 덕분에 둘은 씨름도 하고 뛰어놀기도 하며 자랐다. 둘의 몸집은 훌쩍 커 버렸지만, 여전히 어린 시절처럼 서로 바닥을 뒹굴며 놀기도 한다.

"함은 어디 있으려나? 보이코, 지금 함 어디 있는지 알아?"

함은 셈의 동생이다. 야벳이 떠나고 셈과 함의 사이는 더욱 각별해졌다. 맏형이 떠나가고 생겨 버린 가슴속의 구멍을 메우기라도 하려는 듯이. 하지만 그 어떤 것도 맏형의 자리를 대신할 수 없었다. 그저 형을 잃은 아픔에 서로 공감해 줄 수 있을 뿐이다.

"나야 모르지. 함은 워낙 종잡을 수가 없으니까."

"함 이 녀석 도대체 어디로 간 거지? 또 금지된 영역 근처에서 얼쩡거리는 건 아니겠지?"

형이 사라진 뒤로 셈은 함에게 집착에 가까운 관심을 가지게 되었다. 남아 있는 유일한 형제마저 잃고 싶지 않았기 때문일까. 아니면 함이 형 야벳처럼 용감함을 넘어선 무모한 성격을 가지고 있어서일까. 어쩌면 둘 다일 수도 있다.

사실 금지된 영역이라는 것은 구체적인 장소가 정해져 있는 것이 아니다. 셈과 그의 가족이 살고 있는 마을을 벗어난 모든 곳이 금지된 영역이다. 그런데 최근 들어 함은 금지된 영역의 경계 부분을 자주 돌아다녔다. 이미 형 야벳을 잃은 셈의 입장에서 이런 함을 보면 불안해지지 않을 수 없었다.

"보이코, 이거 불안해서 안 되겠어. 우리 각자 흩어져서 찾아보자."

"좋아."

"일단 나는 집을 한 번 다 둘러볼 테니까 넌 금지된 영역 경계 쪽을 찾아 줘."

둘은 서로 반대쪽으로 흩어졌다. 셈은 불안한 기운을 애써 누르며 함의 집을 향해 달려갔다.

'그래, 아무리 함이 무모하다고 해도 그렇지. 설마 금지된 영역으로 나갈 생각은 하지 않을 거야.'

셈은 함의 집에 점점 가까워질수록 불안감이 더 커져 갔다. 그곳에서는 어떤 인기척도 느껴지지 않았기 때문이었다.

"함! 너 뭐 하고 있니? 얼른 문 좀 열어 봐!"

셈은 함 집의 문을 세차게 두드렸다. 하지만 집 안에서는 아무런 소리가 들리지 않았다. 셈은 함의 집 문을 벌컥 열고 들어갔다. 하지만 그곳에는 고요한 정적만이 기다리고 있었다. 셈은 집 안을 대강 훑어보았다. 외출복이 없었고, 신발도 없었다. 밖을 나간 건 분명했다.

셈은 다시 밖으로 나와 부모님 집으로 향했다. 아마 함은 이번에도 금지된 영역의 경계까지 간 것 같다. 그래도 금지된 영역에는 보이코를 보냈으니 함이 그쪽 근방을 떠돌고 있다면 보이코가 신호를 보낼 것이다.

셈은 함이 부모님 집에 갔을지도 모르겠다는 일말의 가능성을 염두에 두고 싶었다. 어머니가 해 주신 요리와 따뜻한 포옹이 그리웠는지도 모르니까. 셈이 부모님 집에 도착했을 쯤에는 햇빛이 노랗게 변해 있었다. 해가 슬슬 지기 시작한 것이다. 보이코에게 아무런 기별이 없는 것을 보니 아직 함을 찾지 못한 것 같았다.

"엄마! 아빠! 나 왔어! 거기 함도 있어?"

한참 동안 문을 두드렸지만 아무도 나오지 않았다. 결국 이번에도 셈은 문을 열고 들어갔다. 부모님 역시 외출을 한 모양이었다. 집 안에는 아무런 소리도 들리지 않았다.

'위이잉.'

'쿵.'

갑자기 바람이 불더니 들어왔던 문이 닫혔다. 셈은 어딘가에서 바람이 불어오고 있다는 사실을 눈치챘다.

"함. 너 맞지?"

부모님은 문단속을 꽤나 철저히 하시는 분들이다. 가족밖에 살지 않는 곳에서 왜 그리 문단속에 열심인지는 항상 의문이지만 말이다. 외출을 하셨다면 다른 쪽 문을 열어 두지 않았을 것이다. 분명 안에 누군가 있는 게 분명했다.

셈은 바람이 부는 방향으로 서서히 움직이기 시작했다. 함이 안에서 기다리고 있다면 어떤 함정을 파 놓았을 가능성이 컸다.

"함. 너 장난치지 마라."

바람이 부는 곳에는 처음 보는 문이 살짝 열려 있었다. 셈은 이제까지 한 번도 보지 못한 방이 있다는 것이 믿기질 않았다.

"함. 너 이상한 짓 하면 진짜 혼날 줄 알아."

셈은 조심스럽게 문을 열었다. 방 안에는 새하얀 빛이 비추고 있었다.

통로였다. 이 통로는 보통 통로가 아니다. 공간을 초월해서 이동할 수 있게 도와주는 포털이었다. 빛 사이로 시공간이 찌그러져 있는 통로가 눈에 보였다. 그곳에서 바람이 불고 있었다.

셈이 포털을 처음 본 것은 아니었다. 할아버지 집을 갈 때는 항상 포털을 이용해서 갔기 때문이다. 하지만 그 외에 또 다른 포털이 있다는 것은 태어나서 처음 발견한 사실이었다.

'어쩌면…… 어쩌면 함이 여기로 들어갔을 수도 있겠어.'

셈은 빛 가운데로 천천히 들어갔다.

미래를 보여 주는 구슬

"아악!"

'쿵!'

셈이 통로로 들어갔을 때 시공간이 여기저기로 틀어지기 시작했다. 간신히 통로를 빠져나왔지만, 밖으로 나왔을 때 균형을 잡지 못하고 넘어지고 말았다. 셈은 일단 문 밖을 나왔다. 그곳은 낯선 집이었다. 집에 있는 옷가지들과 무기들을 보니 나이가 많은 사람의 집인 것 같았다.

'끼이익, 끼이익.'

또 바람이다. 도대체 알 수 없는 노릇이다. 사방이 막힌 집 안에서 어떻게 바람이 불 수가 있담? 바람이 부는 방에 문이 슬며시 열려 있었다.

'어쩌면 함이 저기서 무슨 일을 꾸미고 있는 건지도 몰라.'

셈은 바람을 따라서 살짝 열려 있는 문을 완전히 열어젖히고 방 안으로 들어갔다. 방 안에 들어오자 바람이 완전히 멎었다. 그곳 한가운데에 거대한 구슬이 하나 놓여 있었다. 그 구슬 안에 무엇인가 꿈틀거리며 움직였다. 셈은 그것이 무엇인지 확인하기 위해 구슬에 다가갔다. 구슬에 살며시 손을 얹고 안을 들여다보았다.

그러자 셈은 그대로 구슬 안으로 빨려 들어가고 말았다. 정신을 차려 보니 셈은 어떤 도시에 덩그러니 놓여 있었다. 거리는 사람들로 가득 차 있었고 주위는 커다란 건물로 가득 차 있는 큰 도시였다. 사람들은 무엇이 그리 바쁜지 이리저리 빠르게 움직이고 있었다.

셈은 그곳이 어디인지 파악하기 위해 사람들을 붙잡고 말을 걸어 보려고 했다. 하지만 사람들은 셈의 목소리를 듣지 못하는 것 같았다. 그때 한 사람이 셈에게 다가왔다. 셈은 그 사람에게 말을 걸기 위해 입을 뗐는데 그 사람은 셈의 몸을 그대로 통과해서 지나가 버렸다.

셈은 그곳에서 할 수 있는 것이 아무것도 없다는 사실을 깨달았다. 셈은 그곳에 존재하지 않는 사람이었던 것이다. 셈은 도시 곳곳을 돌아다니며 다시 현실로 돌아갈 방법을 찾아보려고 했다. 건물과 벽을 통과하며 사방팔방으로 다시 돌아갈 수 있는 방법을 찾아 헤맸다.

그런데 갑자기 사람들이 하늘을 올려다보며 웅성대기 시작했다. 하늘에서는 불꽃이 이글거리며 땅으로 내려오고 있었다.

'쾅!'

엄청난 폭음이 들리며 도시는 순식간에 아수라장으로 변했다. 셈은 본능적으로 몸을 웅크렸다. 이내 자신에게는 아무런 영향이 없다는 사실을 알게 됐다. 사람들은 비명을 지르며 이리저리 뛰어다녔다. 그때 또 다른 불덩이가 하늘에서 떨어져 사람들을 전부 집어삼켜 버렸다.

도시는 순식간에 무너져 내리고 사람들도 모두 불 속으로 사라지고 있었다. 셈은 끔찍한 광경에 넋을 놓고 말았다. 그때 셈의 몸이 하늘로 높이 들려 올라가기 시작했다. 셈은 지구가 한눈에 보일 만큼 높이 올라갔다. 그곳에서는 지구의 이곳저곳을 확대해서 볼 수 있었다. 위에서 내려다보니 세상 모든 곳에 불덩이가 떨어져서 사람들을 전부 태우고 있었다.

"아…… 안 돼……. 제발……."

셈은 자신의 힘으로 어찌해 볼 수 없는 거대한 재난에 압도당하고 말았다. 셈이 할 수 있는 것이라고는 이 재난을 멈추게 해 달라고 필사적으로 비는 것밖에 없었다. 셈은 공포와 불안함에 사로잡혀서 사지가 떨렸다. 세상이 붉게 물들기 시작했다. 온 지구를 전부 불태워 버릴 만큼 커다란 불덩이가 지구를 향해 달려가고 있었다.

"아…… 주…… 주여……! 모든 것이 가능한 전능하신 가능님이시여. 부디 저희를 불쌍히 여기소서. 제발 이 재앙이 빗겨 가게 도와주소서……."

불꽃이 지구를 덮치려고 하는 순간 셈은 눈을 떴다. 구슬 앞에 누워서 땀을 흠뻑 흘리고 있었다. 숨을 거칠게 몰아쉬며 한동안 자신에게 무슨 일이 일어나고 있는지 되새김질을 해야만 했다.

'여기는 어디지?'

분명 세상은 불에 타 없어지기 일보 직전이었다. 그럼 난 죽은 건가? 아니다. 방금 전 세상에서는 불꽃도 내 몸을 사르지는 못했다. 왜 불꽃이 나를 사르지 못했지? 아마 내가 그 세상에 속한 사람이 아니라서 그런 거겠지. 그럼 내가 속한 세상은 도대체 어디였지?

셈의 의식은 점점 현실로 돌아오기 시작했다. 너무 생생한 장면이었기 때문에 셈은 현실이 현실로 느껴지지 않았다. 오히려 현실 속에 있는 것이 꿈을 꾸는 중이라는 느낌을 받았다. 덕분에 자신이 현실에서 구슬을 만지고 있었다는 사실을 깨닫는 데 한참이 걸렸다.

정신이 돌아오자 셈은 천천히 몸을 일으켰다. 아직도 충격에서 완전히 벗어나지 못했다. 셈은 자신이 충분히 강한 존재라고 생각했었다. 그런데 세상이 불타 없어지는 상황 앞에서는 아무것도 손쓸 수 없는 무능력한 한 인간에 불과했다.

"이제 정신이 좀 드니?"

무두셀라였다. 무두셀라는 따뜻한 차 한 잔을 셈에게 건넸다.

"자, 마시렴. 소마주스란다."

셈은 잔을 받아 들고 소마주스를 마셨다. 놀랍게도 정신이 점점 또렷해지고 힘이 솟아나기 시작했다. 그 어느 때보다 더 강한 힘을 낼 수 있을 것만 같았다.

"고마워. 증조할아버지."

무두셀라는 셈이 비운 잔을 다시 받아 들었다.

"그건 그렇고 정말 놀랍구나. 여기는 어떻게 온 거니?"

"함을 찾고 있었어. 걔가 요즘 금지된 영역을 넘으려고 하는 것 같아서 말이야. 그러다 아빠 집까지 갔었는데 거기에 처음 보는 포털이 있더라고. 거길 통과하니깐 여기로 오게 됐어."

"흠…… 그렇단 말이지?"

무두셀라는 새하얀 턱수염을 어루만지며 생각에 잠겼다.

"포털이 있는 방이 보인 거니?"

"응. 거기에서 바람이 불고 있던데? 문도 살짝 열려 있었고."

"바람이라……."

무두셀라는 인상을 찌푸리며 무언가에 집중하려는 듯 보였다. 무두셀라는 "문이 보였을 리가 없는데……."라며 중얼거렸다.

"그럼 네가 구슬에서 본 것을 좀 이야기해 줄 수 있니?"

셈은 구슬 속에서 벌어진 일을 생각하자 다시 공포감이 밀려왔다. 하지만 그런 일은 구슬 속에서나 가능한 일이라고 생각하며 마음을 달랬다. 조금 진정이 되었을 때 셈은 무두셀라에게 자신이 본 것들을 차근차근 이야기했다.

"아직도 바뀐 게 아무것도 없구나."

"무슨 말이야? 뭐가 바뀌지 않은 건데?"

"미래 말이다."

셈은 가슴이 내려앉았다.

간신히 억눌렀던 공포가 다시 스멀스멀 기어올라 왔다.

"미래라고? 내가 방금 저 구슬에서 본 게?"

무두셀라는 조용히 고개를 끄덕였다.

"저 구슬은 미래를 보여 주는 구슬이란다."

무두셀라는 자리에서 일어났다.

"일어나거라. 너도 이미 다 알았으니 이제 진실을 알려 줄 때가 온 것 같구나."

숨겨 온 진실

무두셀라는 셈을 검정색 구슬이 있는 방으로 데려갔다. 미래를 보여 주는 구슬보다 크기는 작았지만 결코 더 작은 힘이 담겨 있는 것 같지는 않았다. 검정색 구슬이 내뿜는 힘을 셈이 느낄 수 있었기 때문이다.

"자, 일단 구슬 안을 보면서 손을 얹어 보거라. 직접 보여 주면서 이야기하는 게 좋을 것 같구나."

셈은 무두셀라를 따라 구슬에 손을 얹었다. 셈은 빙글빙글 돌며 검은색 구슬에 빨려 들어갔다. 구슬 안에서 셈과 무두셀라는 나무가 우거진 숲에 도착해 있었다. 셈은 무두셀라를 따라 천천히 걸었다. 무두셀라는 한동안 아무 말이 없었다.

"이 구슬은 어떤 구슬인지 알겠니?"

셈은 또 불덩이라도 떨어질까 무서워 바짝 긴장하고 있었다. 하지만 평

온하게 걷는 무두셀라의 표정을 보고 셈은 조금 안심이 되었다.

"잘 모르겠어. 여기가 어딘지도 모르겠고."

무두셀라는 다시 조용히 걷기 시작했다. 숲에서는 새들이 날아다니기도 하고, 바짝 긴장한 동물들이 나무에 매달려 있기도 했다. 무슨 일인지는 모르겠지만, 숲에서는 분명 어떤 일이 벌어지고 있는 듯했다.

"네가 방금 만졌던 검은색 구슬은 현주라는 구슬이란다. 세상에 있는 모든 비밀을 볼 수 있지. 지금은 아담이 그의 아들 셋에게 숨겼던 진실을 보게 될 거란다."

무두셀라를 따라 숲의 깊은 곳으로 들어갈수록 동물들은 부산하게 움직였다. 숲 이리저리를 맹수들이 뛰어다니고 거대한 새들이 하늘을 날아다녔다. 그리고 이제까지 한 번도 본 적이 없는 거대한 네발짐승과 용들이 한곳을 향해 이동하고 있었다. 무두셀라는 그 동물들이 가는 곳을 같이 따라 걸었다.

"우리도 속도를 좀 올리자꾸나."

무두셀라는 멈춰 서서 가만히 눈을 감더니 하늘을 올려보았다. 곧 셈과 무두셀라는 몸이 공중으로 뜨기 시작했다. 셈은 하늘에서 그 숲을 내려다보았다. 엄청나게 많은 동물의 행렬이 보였다. 그리고 하늘이 새까매질 정도로 많은 새들이 줄을 지어 날아가고 있었다.

"자, 그럼 이 녀석들이 어디로 가는지 한 번 가 보자."

셈은 엄청나게 빠른 속도로 하강하면서 동물들이 가는 종착지로 향했다. 동물들은 말도 안 될 정도로 거대한 동굴 주위에 모여 있었다. 동굴에 가까울수록 더 큰 짐승들이 모여 있었다. 셈과 무두셀라는 동굴 앞에 착지했다. 깜깜한 동굴에서 무언가 움직이는 소리가 들렸다.

동굴 안을 집중해서 보고 있는데 동굴 안에서 두 개의 붉은빛이 켜졌다. 그 붉은빛은 셈이 있는 동굴 밖으로 점점 나오고 있었다. 그 붉은빛이 셈의 코앞까지 다가왔을 때 셈은 순간적으로 숨이 막혔다. 두 개의 붉은빛은 뱀의 눈이었다. 그냥 뱀이 아니었다. 세상의 그 어떤 동물보다 더 거대한 뱀이었다. 뱀의 송곳니가 셈의 키보다 더 길었다. 게다가 송곳니에는 강력한 독이 뿜어져 나왔다.

"다들 모였는가?"

뱀은 동굴 밖으로 얼굴을 내밀더니 그곳에 모인 동물들에게 말을 걸었다.

"아담은 너희를 버렸다."

동물들은 동요하기 시작했다.

"너희들도 모두 기억하겠지. 너희들과 인간은 계약을 맺었다. 인간에게 복종하면 인간은 너희를 돌봐 주기로 되어 있었어. 그런데 지금 아담과 그의 후손들이 너에게 하는 짓을 보거라."

동물들은 분노에 가득 차 있었다. 소리를 지르며 눈앞에 있는 것은 무엇이든 다 부숴 버릴 것 같은 분위기였다.

"그들은 신성한 계약을 철저하게 짓밟아 버렸다. 이제 우리가 그들을 짓밟을 차례야. 이 땅은 우리가 지배한다."

뱀이 말을 끝내자 뱀의 말에 호응이라도 하듯 모든 동물이 소리를 질렀다. 큰 소리에 온 땅이 흔들렸다.

"가자. 우리에게 반항하는 자는 누구든 죽여라."

동물들은 무리를 지어 비장하게 동굴 곁을 떠나기 시작했다. 그리고 뱀은 그 뒤를 따라갔다. 뱀의 몸이 완전히 동굴 밖을 빠져나올 즈음 무두셀라가 입을 열었다.

"네가 지금 보고 있는 이 뱀이 바로 아담을 유혹해서 타락시킨 뱀이란다. 덕분에 인간은 이제 에덴으로 다시는 돌아갈 수 없게 되었지. 이 이야기는 너도 알고 있지?"

"응. 귀가 따갑게 들었지."

셈은 고개를 끄덕이며 말했다.

"옛날은 지금과 정말 많이 다른 세계였단다. 영과 육신이 분리되지 않았고, 영계와 현실 세계의 구분이 지금처럼 뚜렷하지 않았지. 사람들은 원하면 어디든 이동할 수 있었어. 지금은 불가능해졌지만. 서로 아무리 멀리 떨어져 있어도 언제든지 대화도 할 수 있었지. 인간의 능력이 지금보다 훨씬 뛰어났단다.

그런데 아담이 지은 죄 때문에 인간은 그 능력과 지혜를 하나둘씩 잃어 버리기 시작했지. 인간이 짓는 죄의 크기도 점점 커져만 갔어. 그때 아담을 타락시킨 뱀은 또 다른 계획을 세우고 있었어. 인간의 죄악으로 고통받고 있는 동물들을 선동해서 인간들을 정복하려고 한 거야.

아담 역시 뱀의 계획을 알고 있었단다. 아담은 뱀의 공격에 대비하기 위해서 미래를 보는 구슬을 만들었어. 그리고 아담은 뱀이 세상을 정복한 뒤 세상을 엉망으로 만들어 놓는 것을 봤지. 그러다 마지막에는 가능님이 만드신 세상이 완전히 멸망해 버릴 것을 깨달았단다.

그래서 아담은 뱀의 계획을 막아 내기 위해 갖은 노력을 다했단다. 사람과 동물을 찾아다니며 함께 뱀과 싸울 아군을 구하기도 하고, 인간에게 돌아서 버린 동물들을 찾아가 용서를 구했지. 하지만 미래는 절대 바뀌지 않았다고 하더구나.

그래도 아담에게는 희망이 있었지. 가능님이 아담을 에덴에서 내보내면서 했던 약속이 있었거든.

'뱀은 여자 후손의 발뒤꿈치를 상하게 할 것이다. 하지만 여자의 후손은 뱀의 머리를 부술 것이다.'

뱀의 머리를 부술 수 있는 후손이 태어날 것이라는 것. 아담은 그 희망으로 살아갈 수 있었어. 절망과 죽음이 가득 찬 미래가 기다리고 있었지만, 아담에게는 가능님의 약속이 한 줄기 빛이었던 거야.

아담이 그렇게 기다렸던 아이가 바로 셋이야. 그 전에 여러 아이를 낳았지만 셋이 특별한 아이라는 것을 알아차렸지. 그리고 아담은 영적인 능력으로 셋의 운명을 꿰뚫어 보았단다. 셋은 뱀과 싸우게 될 운명이었어. 아담은 당연히 셋이 태어나자마자 미래를 보는 구슬로 달려갔지."

무두셀라는 말을 하다 잠시 멈추었다.

"자, 그런데 한 번 보거라."

엄청나게 많은 동물과 사람들이 양쪽으로 대치하고 있었다. 뱀은 자기 진영의 맨 뒤에 있었지만, 어찌나 커다랗던지 눈에 아주 잘 띄었다. 뱀의 반대쪽 진영의 맨 앞에는 셋이 망치를 들고 서 있었다.

이윽고 치열한 전투가 벌어졌다. 모든 인간과 인간을 돕는 동물은 목숨을 걸고 필사적으로 싸웠지만 조금씩 밀리는 모양새였다. 그러자 셋은 뱀에게로 곧장 달려갔다. 셋은 동물들을 밟고 올라가며 말도 안 되는 높이로 뛰어올라 뱀의 머리 위까지 날았다. 망치를 높게 들어 올려 뱀의 머리를 내리치려는 순간 뱀은 입을 크게 벌려 셋을 그대로 삼켜 버렸다.

그리고 화면이 바뀌자 뱀에 대항했던 사람과 동물들이 전부 시체가 되어 있었다. 뱀은 세상에서 가장 높은 곳에 올라갔고, 남아 있는 모든 사람과 동물이 뱀 앞에 엎드려 경의를 표했다.

"셋이 태어났지만, 아무것도 바뀌지 않았던 게다. 아담은 뱀의 계획을 막기 위해 할 수 있는 것을 다하기 시작했단다. 하지만 뱀을 이기는 방법은 세상에 존재하지 않는다는 것을 깨달았어. 그래서 아담은 셋에게 진실을 숨기기로 했던 거지. 아담은 셋이 뱀과 싸우기를 원하지 않았거든. 얼마나 오랫동안 살아 있을지는 알 수 없지만 남은 시간만큼이라도 아무 걱정 없이 행복하게 살기를 바랐던 게지."

화면은 다시 바뀌고 셋이 미래를 보는 구슬 앞에 서 있었다. 그런데 이번에 셋은 전보다 한층 젊어 보였다. 그리고 구슬을 처음 보는 것처럼 구슬 주변을 이리저리 살펴보며 조심스럽게 구슬 위로 손을 올렸다.

"세상에 인간이 이해할 수 없는 것들이 몇 가지가 있어. 그런데 그중에서 가장 오묘한 것이 운명이라는 거란다. 아담은 셋의 운명을 철저하게 감추어서 셋은 자신의 운명이 무엇인지 모른 채 아담의 품 안에서 성인이 되었어. 그렇게 결혼도 하고 아이도 낳았지. 아담은 뱀을 쓰러뜨릴 새로운 후손을 기다렸는데 그 후손은 계속해서 나타나지 않고 있었어. 그러는 사이에 뱀은 세력을 크게 확장해 나가며 전투를 준비하고 있었지. 그때 셋은 이 구슬을 발견했다."

무두셀라는 셋 앞에 있는 미래를 보는 구슬을 가리켰다. 셋의 정신은 이미 구슬 안으로 빨려 들어가 있었다. 셋이 구슬 앞에서 그대로 굳어 있었기 때문이다.

'구슬 안으로 육체가 빨려 들어가는 것은 아니구나.'

셈은 구슬에 육체가 들어가는 것이 아니라는 것을 깨우쳤다. 셈의 정신이 완전히 구슬 안으로 들어와 버렸기에 셈은 육체가 구슬 밖에 있는지 안에 있는지 알아차릴 수 없었다.

"셋이 어떻게 구슬을 발견했는지는 아직도 미스터리야. 아담이 철저하게 감추어 두었을 텐데 말이야. 그렇게 셋은 뱀이 인간을 상대로 전쟁을 벌이고 나서 세상을 지배할 거라는 것을 보게 된단다. 뱀 때문에 세상이 멸망하는 것 역시 보게 되지. 그래서 셋은 그 순간 결심을 해. 뱀을 처치하고 세상의 멸망을 막아 내기로. 그날로 셋은 조용히 아담 곁을 떠나 버린다. 그리고 뱀과 싸울 동료들을 모으기 시작하지. 셋은 자신을 도울 동물과 사람을 모아서 기어코 뱀과 전투를 벌이고 만단다."

장면은 다시 바뀌어서 뱀의 진영과 셋의 진영이 대치하고 있었다. 그리고 두 진영은 치열하게 맞붙었지만 셋의 진영이 이길 것 같지는 않았다.

"자, 네 눈으로 직접 확인해라. 그날 전투에서 무슨 일이 있었는지."

셋의 진영은 비장한 각오를 하며 목숨을 아끼지 않고 싸웠다. 하지만 각오만으로는 부족했다. 하나둘 힘없이 쓰러지기 시작했다. 힘과 숫자면에서 셋의 진영이 압도할 수 있는 것이 아무것도 없었다. 그런데 셋은 이전에 봤던 것과 똑같이 뱀을 향해 곧장 달려갔다. 그리고 동물들을 밟고 올라서더니 말도 안 되는 높이로 뛰어올라 뱀의 머리 위까지 날았다. 망치를 높게 치켜들고 뱀의 머리를 향해 떨어졌다.

뱀은 셋이 다가오는 것을 눈치채고 입을 크게 벌렸다. 뱀의 입에는 셋의 키보다 더 큰 이빨들이 있었고 셋을 단숨에 죽여 버릴 것 같은 독이 질질 흐르고 있었다. 뱀은 셋을 그대로 삼켜 버렸다. 그런데 시간이 조금 흐르자 뱀의 머리에서 푸른빛 번개가 솟구쳐 올랐다. 뱀의 머리는 그대로 부서져 버렸고 부서진 머리에서 망치를 든 셋이 튀어나왔다. 머리가 박살 난 뱀은 그대로 땅에 쓰러졌다. 뱀이 쓰러지자 뱀의 진영에 있던 동물들은 겁을 먹고 이리저리로 도망치기 시작했다.

"셋은 결국 뱀을 처치하는 데 성공했다. 너도 보다시피 기적이 일어난 거야. 가능님이 도우셨다는 말밖에 할 수 없구나. 셋이 뱀을 이길 수 있는 무기는 세상에 존재하지 않았어. 그런데 셋은 뱀의 입속에서 세상의 능력을 초월한 힘으로 뱀을 쓰러뜨렸던 게다. 그렇게 셋의 미래는 바뀌고 말았지. 초자연적인 사건에 의해서 말이야. 물론 셋은 뱀의 독으로 발뒤꿈치가 완전히 상해 버리고 말았단다. 독이 더 퍼지지 않도록 하기 위해 독이 퍼진 발뒤꿈치를 전부 도려내야 했거든."

"그럼 미래를 보는 구슬이 보여 주는 것은 정해진 미래는 아닌 거네?"

무두셀라는 고개를 크게 가로저었다.

"아니야. 오히려 그 반대야. 미래를 보는 구슬은 확정된 미래를 보여 준단다. 모든 생명체의 생각과 능력을 분석해서 앞으로 어떤 일이 일어날지 정확하게 보여 주지. 다시 한번 이야기하지만 셋의 경우가 예외적인 거야. 세상에 존재하지 않은 어떤 힘이 나타나서 미래가 바뀐 것뿐이야. 셋조차도 그것이 어떤 힘이었는지 정확히 알지 못했으니까. 네가 봤던 미래는 이미 확정된 미래인 게다. 세상에 존재하지 않는 어떤 힘이 이 세상에 개입하지 않는 이상 말이다."

"그럼 이제 문제가 다 해결된 거 아니야?"

"그래. 셋은 뱀을 처치해서 이제 모든 문제가 해결되었다고 생각했어. 그래서 뱀을 처치하고 나서 다시 이 미래를 보는 구슬을 들여다봤지."

무두셀라가 말했다.

"이제 다른 곳을 가 보자."

셈이 보고 있던 세상이 다시 찌그러지며 빙글빙글 돌기 시작했다. 다시 세상이 정상으로 돌아왔을 때 셈과 무두셀라는 미래를 보는 구슬 앞에 서 있었다. 그런데 방의 느낌이 조금 달랐다. 지금처럼 오래된 느낌이 전혀 없었고 크기도 더 넓었다. 그리고 벽에는 장신구들이 걸려 있고 무기들도 진열되어 있었다. 구슬 앞에 이전보다 나이가 더 들어 보이는 셋이 거친 숨을 몰아쉬고 식은땀을 흘리며 앉아 있었다.

"셋이 여기서 뭘 하고 있는지 알겠니?"

무두셀라는 셈을 보며 질문을 던졌다.

"구슬로 미래를 본 것 같아. 지금 정신이 완전히 나가 있는 것 같거든."

"맞아. 정확해. 지금 네가 보고 있는 장면은 셋이 그의 아들 에노스에게 감추어 두었던 진실이야."

셈은 셋이 구슬 앞에서 공포에 질려 있는 장면을 보았다. 거대한 뱀 앞에서도 눈 하나 깜짝하지 않았던 그의 모습을 보고 난 이후였기 때문에 그 모습이 매우 어색했다. 하지만 셈은 그 이유를 조금은 알 것 같았다.

"뱀을 죽였는데도 미래가 바뀌지 않았던 거지?"

"그래."

무두셀라의 표정에는 근심이 어려 있었다.

"셋은 정말 용감한 용사였어. 자기보다 더 강한 적군 앞에서도 흔들리는 법이 없었지. 그런데 뱀보다 강한 미래를 마주하게 된 거다. 뱀은 기적적으로 쓰러뜨렸지만, 그런 기적이 일어나더라도 우리의 미래는 바뀌지 않을 거라는 절망감. 그 절망감이 셋을 압도해 버렸지. 그래서 셋은 아담과 똑같은 선택을 내린다. 아들 에노스에게 미래를 감추어 버리지."

신

"그럼 이제 내 할아버지가 내 아버지한테 숨긴 진실을 보여 줄 때가 된 것 같구나."

무두셀라는 자리에 앉아 눈을 감았다. 그러자 다시 화면이 뒤죽박죽 바뀌기 시작했다. 무두셀라와 셈은 이제 거대한 산 앞에 서 있었다. 순식간에 세상이 어두워지기 시작했고 구름이 산 주위로 몰려들었다. 하늘과 땅도 흔들리면서 몸을 제대로 가누기가 힘들었다.

그때 하늘에서 강한 빛이 생겨나더니 큰 빛 속에서 작은 빛들이 튀어나오기 시작했다. 그리고 그것들이 산꼭대기로 내려왔다. 크고 강한 빛에서 수백 개의 작은 빛이 튀어나온 후에야 그 빛이 사라지고 어둠이 걷히기 시작했다. 셈이 산꼭대기를 보니 엄청나게 거대한 사람들이 서 있었다. 셈은 즉시 느낄 수가 있었다. 아니, 어떤 사람이라도 다 느꼈을 것이다. 그들은 사람처럼 생겼을 뿐 사람이 아니었다. 그들의 몸에는 후광이 있었고 눈은 불꽃처럼 빛이 났다. 눈을 똑바로 쳐다보는 것조차 불가능했다.

셈은 그들의 힘에 압도되어 그 자리에서 쓰러지고 말았다. 셈은 죽을 것 같다는 생각밖에 들지 않았다.

"셈. 이겨 내라. 힘들다는 건 알지만 저들의 존재감만으로 이렇게 압도되어서는 안 된다."

무두셀라도 힘겨워 보였지만 간신히 버티고 서 있었다. 팔을 뻗어 셈을 일으켜 세웠다. 셈은 땅을 보고 무릎은 반쯤 굽힌 채로 구부정하게 간신히 몸을 일으켰다. 무두셀라가 눈을 감자 화면은 다시 바뀌고 무두셀라와 셈은 다시 미래를 보는 구슬 앞에 서 있었다. 그리고 그곳에는 한 사람이 더 있었다. 무두셀라와 체형은 비슷했지만, 무두셀라보다는 훨씬 젊어 보였다. 백발의 무두셀라와는 다르게 윤기가 넘치는 검고 긴 머리카락을 가지고 있었기 때문이다.

"이 녀석이 바로 어렸을 때 나란다."

무두셀라는 젊고 건강한 청년을 바라보며 말했다. 젊은 무두셀라는 미래를 보는 구슬이 신기한지 뚫어져라 쳐다보고 있었다.

"가끔 이런 생각을 하곤 하지. 차라리 이 구슬을 보지 못했으면 어땠을까. 아무 걱정 없이 행복하게 살 수 있지 않았을까?"

"넌 이 구슬을 어떻게 본 거야?"

무두셀라는 셈의 질문에 부드럽게 미소를 지었다.

"우연이었지."

무두셀라는 잠깐 말을 멈추고 젊은 무두셀라가 구슬의 신비를 파헤치고 있는 장면을 보고 있었다.

"내가 어렸을 때만 해도 인간의 영적인 능력이 이렇게 약하지는 않았단다. 우리 아버지 때만 해도 포털을 열고 어디든 이동할 수 있었어. 내 세대가 되고 나서부터 인간은 그런 능력을 완전히 상실해 버렸지. 뭐 어쨌거나, 내 아버지는 우리 모르게 포털을 열고 이곳에 종종 오곤 했단다. 그런데 어느 날 아버지가 포털을 닫는 것을 깜빡 잊은 거야. 워낙 철두철미한 사람이라 좀처럼 그런 일이 없는데 말이지. 아버지가 포털 닫는 것을 잊은 날은 그날이 처음이자 마지막이었으니까. 처음이자 마지막으로 포털이 닫히지 않은 날, 난 그 포털을 발견했단다. 그 전까지 내가 단 한 번도 가 보지 않았던 곳에서 말이지."

"그럼 너도 나랑 똑같은 걸 본 거야?"

무두셀라는 고개를 끄덕였다.

"네가 뭘 봤는지 정확히 알 수 없구나. 그런데 아마 내가 본 것과 크게 다르지 않을 것 같다. 나는 이 구슬을 보고 난 이후에 아버지의 품을 떠나 모험을 하기로 결심했지. 세상의 비극을 막아 보려고 말이다."

셈은 문득 방금 봤던 장면에 대해 물어봐야겠다고 생각했다. 산에 내려온 그 사람들이 도대체 누구인지 알아야만 할 것만 같았기 때문이다.

"근데 방금 산에 내려온 사람들은 도대체 누구야? 사람이 아닌 것 같던데?"

무두셀라는 우수에 찬 눈빛으로 셈을 바라봤다.

"그들은 신이다. 너도 어느 정도 느꼈을 게다. 인간은 죄로 인해 영혼이 육체에 갇혀 있지만, 그들은 그렇지 않았어. 영적인 존재이면서도 육신을 가지고 있었다. 그리고 인간의 능력을 아득히 초월하는 힘과 지식을 가지고 있었어."

"신? 그럼 가능님 같은 신이란 말이야?"

무두셀라는 고개를 가로저었다.

"셈아. 가능님 같은 신은 존재하지 않는단다. 그는 모든 세상을 만들고 영적인 존재들을 만들고 인간과 동물과 땅의 모든 것들을 만드신 분이야. 네가 본 그들이 아무리 대단하다고 한들 가능님과 비할 바는 아니란다. 하지만 그렇다고 그들이 인간과는 비교될 수 있다는 말은 절대 아니다. 명심하거라."

"알겠어."

하지만 무두셀라는 셈의 궁금증이 풀릴 만큼 시원하게 대답해 주지는 않았다.

"그럼 왜 고조할아버지는 너한테 신들이 땅에 내려온 사실을 숨긴 거야?"

무두셀라는 크게 한숨을 쉬었다. 마음속으로 많은 갈등이 있는 듯 보였다.

"네가 본 그 신들이 세상을 망치고 있단다. 우리가 봤던 그 미래는 이 신들 때문에 벌어지는 비극일 게다."

셈은 그 신들을 막을 수 있는 방법 따위 상상조차 할 수 없었다. 셈뿐만 아니라 그 신들을 눈앞에서 본 모든 사람이 같은 생각을 할 것이다. 셈이 생각하기에 신들 앞에선 인간이 할 수 있는 건 무릎 꿇고 살려 달라고 비는 것밖에는 없었다.

"그럼 이제 우리는 아무런 희망이 없는 거야?"

인간의 희망

"희망이라……."

무두셀라는 미래를 보는 구슬을 보며 두려움에 떨고 있는 젊은 무두셀라를 바라보았다.

"셈아, 비극적인 미래가 기다리고 있다고 해서 희망이 사라지는 것이냐?"

셈은 아무런 대답을 하지 못했다.

"희망이라는 것은 밝은 곳에서만 있는 것이 아니란다. 암흑처럼 어두운 곳에서도 빛을 낼 수 있는 것이 희망이지."

무두셀라는 셈의 어깨에 가만히 손을 얹었다.

"인간의 비극을 막을 수 있는 방법을 묻는다면 그런 건 없다고 대답할 수밖에 없구나. 지금으로서는 인간이 신들을 막을 수 있는 방법은 없다.

그리고 다가올 세상의 멸망을 막을 방법도 없지. 미안하지만 이게 내가 네게 해 줄 수 있는 말의 전부란다."

무두셀라는 불안에 떨고 있는 셈을 안심시켜 주려는 듯 손으로 등을 쓸어내렸다.

"하지만 셈아, 너무 무서워하지는 말거라. 비극 속에서도 사랑이 있으면 희망이 생기는 법이란다. 지금까지 모든 사람이 그렇게 희망으로 비극을 이겨 내 왔지. 아담은 세상의 비극을 보고도 셋에 대한 사랑으로 진실의 무게를 견뎌 내며 살아갔단다. 그의 아들 셋도 마찬가지였어. 기적으로도 바꾸지 못한 미래를 보고도 사랑하는 아들 에노스를 보고 새로운 희망을 품었어. 나도 마찬가지란다. 내가 사랑하는 내 자손들을 보며 새로운 희망을 품고 있어."

무두셀라의 표정에는 따뜻함이 묻어 있었다.

"솔직히 난 아직도 이해를 잘 못하겠어. 어차피 내가 사랑하는 사람들도 전부 죽고 멸망해 버린다는 거잖아? 그런데 어떻게 희망을 품을 수가 있어?"

무두셀라는 빙그레 웃었다.

"네 말이 맞아. 모든 것이 죽음 앞에서는 무의미해져 버리지. 하지만 셈아. 진정한 사랑은 죽음 앞에서도 새로운 의미를 만들어 낸단다. 나도 이제 죽음 앞에 서야 할 날이 가까이 다가오고 있구나. 이 죽음은 내 아들에게도, 그리고 너에게도 언젠가 찾아오게 될 거란다. 그게 어떤 방법일지는 아무도 몰라. 수명이 다해서일 수도 있고, 세상이 멸망해서일 수도 있어. 하지만 사랑을 보는 순간 죽음 따윈 잊혀 버리지. 난 세상이 맞이하게 될 비극을 알고 있지만 더는 그것을 보지는 않는단다. 대신 난 네가 마지막까지 행복하게 살아갈 미래를 본다. 네가 살아가는 동안 인생의 기쁨과 즐거움을 누릴 수만 있다면 죽음마저도 내 희망을 가져가지는 못할 거야."

무두셀라가 따뜻하게 말을 하자 왠지 모르게 셈의 마음이 조금은 편안해졌다. 하지만 무두셀라의 말은 의문투성이였다. 그와 동시에 셈은 무두셀라에게 배신감을 느꼈다. 이제까지 셈에게 수없이 많은 진실을 숨겨왔다는 사실을 깨달았기 때문이다.

"좋아. 알겠어. 그런데 아직 나한테 감추고 있는 게 더 있는 거 같은데?"

셈은 무두셀라를 똑바로 쳐다보았다. 아직 무두셀라가 셈에게 말해 주지 않은 것이 많았다. 무두셀라는 긴장을 하고 있었다.

"아직 금지된 영역에 대해서 말을 해 주지 않았잖아. 금지된 영역 밖으로 벗어나면 죽는다고 이야기해서 난 이제까지 집 밖을 벗어나 본 적이 없어. 우리 집 울타리 밖에는 뭐가 있는 거야?"

무두셀라는 대답 대신 조용히 눈을 감았다.

"손을 잡아라, 셈아. 일단 구슬 밖으로 나가서 이야기하자꾸나."

셈은 무두셀라의 손을 잡지 않았다. 무두셀라는 분명 더 많은 것을 숨기고 있었다. 하지만 무두셀라는 셈의 팔을 잡아당겼다. 화면이 뒤틀리기 시작하고 빙글빙글 돌기 시작했다.

셈의 운명

셈이 눈을 떠 보니 구슬 앞에 누워 있었다. 무두셀라는 아직 정신이 완전히 돌아오지 않은 셈을 천천히 일으켜 세워 주었다.

"인제 와서 너에게 뭔가를 더 숨길 생각은 없다. 숨겨 봐야 어떻게든 네가 알아낼 테지."

셈은 정신을 차리고 무두셀라 앞에 똑바로 섰다.

"단지 너에게 직접 보여 주고 싶지는 않구나."

무두셀라는 미래를 보는 구슬이 있는 방 밖으로 발걸음을 옮겼다.

"배고프지? 일단 뭐라도 먹으면서 이야기하자."

무두셀라의 말이 떨어지기가 무섭게 셈의 배 속에서는 꼬르륵 소리가 들렸다. 생각해 보니 셈은 그날 제대로 된 음식을 먹지 않았다. 셈이 무두셀라와 집을 둘러보니 생각했던 것보다 훨씬 컸다. 셈이 있던 곳은 3층의

꼭대기 층이었다. 긴 복도를 지나 셈과 무두셀라는 1층으로 내려갔다. 1층은 방이 없는 널찍한 공간이었다. 네발 달린 거대한 동물의 뼈도 있었고 벽에는 다양한 장신구와 무기가 걸려 있었다.

그리고 가운데에는 거대한 식탁이 있었다. 그 식탁 주변에는 조그마한 식탁 여러 개가 거대한 식탁을 둘러싸고 있었다. 무두셀라는 작은 식탁을 가리키며 말했다.

"일단 좀 앉거라. 내가 먹을 것을 가져오마."

셈이 자리에 앉아 무두셀라도 셈 앞에 앉았다. 무두셀라는 조용히 눈을 감고 손바닥을 하늘 위로 향했다. 손바닥 위에 작은 불빛이 생겨나기 시작했다. 무두셀라는 작은 불빛 속으로 손을 집어넣어 빵과 과일 같은 음식들을 끄집어냈다.

"자, 일단 먹자."

셈은 무두셀라가 칼로 썰어 준 수박만 한 사과 한 조각을 입에 넣었다. 그 사과는 보통 사과와는 맛이 사뭇 달랐고 약간 쫀득쫀득하기도 했다. 맛은 썩 괜찮았다. 무두셀라도 배가 고팠는지 한동안 말없이 먹는 데 집중했다. 어느 정도 허기가 채워졌다 싶은 순간 셈은 무두셀라의 눈치를 보기 시작했고, 무두셀라는 셈의 시선을 의식하고 천천히 입을 뗐다.

"금지된 영역은 말이다. 우리가 너희를 세상의 위험과 죄악으로 지켜내기 위해 만든 선의의 거짓말이다. 집 울타리 밖으로 나간다고 해서 곧바로 죽지는 않아. 하지만 네게 보여 줬다시피 지금 세상은 상상을 뛰어넘는 죄와 위험이 도사리고 있다. 그런 면에서 금지된 영역을 벗어나면 죽는다는 말이 아주 거짓말은 아니란다."

셈은 무두셀라의 말을 듣고 끓어오르는 가슴을 간신히 억눌렀다.

"그럼 이제까지 난 어른들이 만들어 놓은 좁아터진 가짜 파라다이스에서 살고 있었다는 거네? 재앙이 닥치면 언제 사라져도 이상하지 않을 신기루 속에 갇힌 채로 말이야."

"셈아, 능력 없는 어른들을 마음껏 원망해라. 다만 너희를 최대한 보호하려고 했던 우리들의 마음은 생각해 주었으면 한다."

"무두셀라! 나도 이제 어리지만은 않다고. 도대체 언제까지 이렇게 아무것도 모르는 바보로 놔둘 작정이었어?"

셈은 아무래도 말이 곱게 나가지 않았다. 믿었던 만큼 배신감도 크게 드는 법이다. 셈은 어른들이 셈에게 자유를 제공해 준다고 믿었다. 셈이 자유롭게 살도록 도와주기 위해 위험으로 보호해 주고 있다고 생각했다. 그런데 정작 어른들은 셈을 동물 사육하듯 평생 자신들의 울타리 안에 가둬 뒀던 것이다.

"셈. 우리도 항상 지혜로운 결정을 내릴 수는 없단다. 선택을 내리고 나서도 이것이 맞는 일인지, 수백 번 고민하지. 하지만 우린 어른으로서 책임을 다하고자 했을 뿐이다. 우릴 조금이나마 이해해 줬으면 한다."

셈의 마음은 풀리지 않았지만, 머리로 이해하기 위해 노력했다.

'그래, 어쩔 수 없었겠지.'

하지만 그건 순전히 어른들의 생각일 뿐이었다. 셈의 의견은 조금도 고려하지 않은 이기적인 처사였다.

"그럼 이제 난 뭘 해야 하는 거야?"

셈은 이제 돌아올 수 없는 진실의 강을 건너 버렸다는 것을 알았다. 모든 진실을 알아 버린 이상 이제 절대로 이전과 같은 삶을 살 수는 없으리라.

"내가 말을 한다고 네가 들을 것이라고 기대하지는 않는다만……."

무두셀라는 말끝을 약간 흐렸다.

"오늘 본 것은 전부 잊어버려라."

셈은 잠깐 말을 잇지 못했다. 세상의 모든 비밀을 알려 주더니 그걸 잊어버리라니.

"내가 할 수 있는 게 그거야? 세상의 모든 비밀을 알고 나서 잊어버리는 거? 그럼 나에게 왜 이런 것들을 다 알려 준 거야? 그럼 어디 한번 끝까지 감춰 보지 그랬어!"

"일단 너에게 이런 것들을 숨기려고 최선을 다했다는 것은 알아 둬라. 어쨌든 넌 이제까지 몰랐잖니. 내가 너에게 이 모든 것을 보여 준 것은 네가 무언가 하기를 바라서가 아니다. 오히려 그 반대지. 어차피 진실을 영원히 숨길 수 없다는 것은 알고 있었어. 이제까지 모든 선조가 실패했으니까. 하지만 오히려 숨기려고 하면 할수록 비밀을 파헤치기 위해 모험에 뛰어드는 법이다. 나 역시 그랬으니까. 그래서 난 너에게 모든 것을 보여 준 거란다. 이제 모든 것을 알았으니 넌 위험을 무릅쓰며 무언가를 하지 말거라. 너에게 주어진 날 동안 여기서 편안함과 즐거움을 누리며 살아. 그게 내가 원하는 거다."

셈은 자신의 가족들이 이제까지 자신을 어린아이 취급하며 자신의 인생을 멋대로 정해 버린 것에 대해 배신감이 들었다. 게다가 앞으로도 쭉 그렇게 하겠다고 셈 앞에서 천명하고 있었다. 자신들의 울타리 안에 평생을 가둬 둘 작정이었다는 사실을 깨닫자 분노를 억누를 수 없었다.

"그럼 야벳 형은 어떻게 된 거야? 나보다 먼저 진실을 알고 뛰쳐나가다가 죽은 거야?"

"흠…… 야벳 말이지……."

무두셀라는 대답을 하고 싶지 않아 보였다. 하지만 어쩔 수 없다는 듯 입을 열었다.

"야벳은 아마 진실을 알지 못했을 게다. 우리가 무언가 숨기고 있다는 것은 눈치채고 있었을지도 모르겠구나. 야벳은 그냥 뛰쳐나간 거야. 워낙 모험심이 강한 아이였잖니."

무두셀라는 자리를 고쳐 앉고, 목소리를 한껏 낮춰 말했다.

"그리고 야벳은 죽지 않았다. 그냥 금지된 영역 밖으로 나갔을 뿐이야."

"뭐?"

셈은 자리를 박차고 일어났다. 셈에게 여러 가지 감정이 교차했다. 형이 살아 있다는 안도감. 그리고 상상을 초월하는 거짓말을 해 대는 어른들에 대한 분노. 셈은 자기도 모르는 사이에 눈물을 흘리고 있었다.

"이건 진짜 너무한 거 아니야? 난 아직도 형이 나오는 꿈을 꾸면서 눈물을 흘린다고! 하나밖에 없는 형이랑 이런 식으로 생이별을 시킬 작정이었어?"

"야벳은 이제 우리들의 손에서 벗어났어. 그저 그 아이의 생사만을 간신히 확인하면서 앞으로도 계속 살아 있기를 기도할 뿐이지. 우린 그저 남아 있는 너와 함이라도 지키고 싶었다. 너희를 위한 결정이었어."

"이게 뭐가 우릴 위한 거야!"

셈이 거의 소리를 질렀다.

"나도 이제 야벳 형처럼 여길 나가겠어. 바보처럼 앉아서 죽느니 밖에서 뭐라도 해 볼 거야!"

"셈. 자리에 앉거라."

셈은 무시하고 자리를 떴다.

"다시 자리에 앉아!"

이번에는 무두셀라 역시 고성을 질렀다. 셈은 눈을 부릅뜨고 자리에 앉았다.

"셈. 넌 네가 어른이 다 되었다고 생각하겠지. 그래서 어른처럼 대접해 주기를 바랄 거야. 하지만 지금처럼 용기와 객기도 구분하지 못하면 어른처럼 대접해 주기 힘든 법이다."

무두셀라는 금세 감정을 추스르며 차분하게 셈을 타일렀다.

"사실 난 지금도 너를 붙잡고 싶지만, 그건 내 능력 밖이라는 사실을 알고 있단다."

무두셀라는 사과만 한 포도를 한 입 베어 물며 물었다.

"넌 혹시 이곳이 어떤 곳인지 알고 있니?"

그리고 셈에게도 하나 내밀었다. 셈은 그 포도를 받아 들었지만 먹지는 않았다.

"아니."

"여기는 셋의 집이다. 셋의 시대부터 지금까지 세상에 감추어져 있는 곳이지. 가능님의 보호의 손길이 가장 강력한 곳이야. 그래서 우리가 허락한 사람 외에는 아무도 이곳을 들어올 수가 없어. 신들조차 볼 수 없는 장소란다. 너도 이상한 것을 느꼈을 거야. 아주 오래전부터 있던 곳 같은데 넌 이제까지 한 번도 보지 못했지?"

"응."

"그래. 지금은 나와 라멕, 노아, 비타, 빌렌 외에는 아무도 접근할 수 없는 곳이야. 그런데 넌 누구의 도움도 받지 않고 이곳으로 흘러들어 왔다. 그것도 모자라 미래를 보는 구슬 안을 들여다봤지. 영의 능력을 활용할 줄 모르면 속을 볼 수 없는 구슬인데도 말이야.”

셈은 무두셀라가 이 말을 하고 나서야 무두셀라가 지금 어떤 기분일지 완전히 이해하게 됐다. 무두셀라는 체념하고 있었다. 셈이 이곳에 왔을 때부터 계속 무두셀라는 모든 것을 체념하는 듯한 표정을 짓고 있었다.

“아마도 이건 우연이 아닐 게다. 너는 느끼지 못하겠지만 우리한테는 지금 불가능한 일이 벌어진 거야. 어쩌면…….”

무두셀라는 잠시 말을 멈추더니 한숨을 내쉬었다.

“어쩌면 네가 진실을 아는 것은 정해진 운명이었을지도 모르겠다. 가능님께서 정해 주신 운명을 한낱 인간이 거스를 수는 없는 법이지.”

무두셀라는 소마주스를 마시더니 셈에게도 건넸다. 셈은 잔을 받아 마셨다. 소마주스를 벌컥벌컥 마시는 것을 보니 무두셀라 역시 오늘 기가 많이 빠져 버린 것 같았다.

“하지만 그렇다고 우리가 너를 순순히 보내 줄 거라는 생각은 마라. 네가 너 자신을 지킬 수 있을 만큼 강해지지 않는 이상 널 그냥 보내지 않을 테니까.”

무두셀라는 자리에서 일어났다.

“따라오너라.”

무두셀라는 셈을 2층으로 데리고 갔다. 그러더니 2층에 침실이 있는 방으로 셈을 데려다 놓았다.

“셈. 일단 나머지 이야기는 내일 했으면 좋겠구나. 지금 우리는 가능님을 위한 제사를 준비하고 있어 바쁘단다. 오늘 있었던 일은 내가 나머지 식구들한테 말해 놓으마. 내일 다 같이 모여서 이야기를 하는 게 좋을 것 같다. 넌 이제 이곳에서 앞으로 어떻게 하면 좋을지 생각을 좀 정리해 놓길 바란다."

"무두셀라! 그런데 함은? 함이 사라져서 찾고 있었어. 금지된 영역으로 갔을지도 몰라."

셈은 그제야 함에 대해서 생각이 났다.

"함은 괜찮다. 아직 집 울타리에 나가거나 들어온 사람은 없어. 그래도 내가 일단 함을 찾아가서 잘 말해 두마. 형을 찾고 있다면 굉장히 애를 먹고 있겠지."

무두셀라는 문을 닫고 나갔다. 셈은 침대에 누웠다. 오늘 단 한 번도 긴장을 늦추지 못했다. 몸에 피로가 몰려왔다. 그런데 미래에 대한 불안감 때문에 잠이 오지는 않았다. 셈은 밤새 뒤척였다. 앞으로도 어른들 밑에서 아무것도 모른 채 좁은 울타리 안에 갇혀 있기는 싫었다. 하지만 그렇다고 무모하게 세상 밖으로 뛰쳐나가기는 너무 무서웠다.

그곳에는 온갖 어려움과 시련이 기다리고 있을 것이다. 그리고 절대로 이길 수 없는 신들이 기다리고 있다. 세상의 멸망을 막으려면 자신이 이길 수 없는 상대를 쓰러뜨려야 한다. 인생 진짜 기구하다. 최선은 없고 차악만이 존재한다.

셈은 고민에 고민을 거듭하다가 마음속으로 신에게 기도했다.

'가능님. 왜 저를 만드셨나요. 그리고 왜 고통을 피할 수 없는 자리에 저를 두셨나요. 제가 지혜로운 결정을 내릴 수 있도록 도와주세요.'

위대한 결정

'쿵쿵.'

밖에서 문을 두드리는 소리가 들렸다. 셈은 어느새 잠에 빠져 있었다. 셈은 몸을 일으키고 방문을 열었다.

"아빠!"

노아였다. 노아의 표정은 알 수 없었다. 반가워하는 건지 걱정하는 건지 셈은 구분할 수가 없었다. 어쩌면 두 가지 감정이 마음에서 싸우고 있는지도 모른다.

"셈. 여긴 어떻게 온 거니?"

"그냥 우연히 흘러 들어왔어."

노아는 고개를 떨궜다.

"어제 이야기는 다 들었다. 너도 진실을 다 알게 됐다며?"

셈은 조용히 고개를 끄덕였다.

"그래. 그럼 일단 내려가서 이야기하자. 다른 사람들도 다 기다리고 있다."

셈이 내려가니 큰 테이블에 어른들이 앉아 있었다. 가장 앞에는 무두셀라가 앉아 있었고, 무두셀라 왼쪽에는 라멕이 앉아 있었다. 그리고 무두셀라의 오른쪽에는 노아의 자리가 비어 있었고, 그 옆에는 비타가 앉아 있었다. 테이블 위에는 떡과 과일, 채소 같은 음식들이 놓여 있었다.

노아는 무두셀라의 오른쪽에 앉았고, 셈은 자연스럽게 비타 옆에 앉았다.

"내 아들. 얼굴 보니까 좋네. 일단 이거 먹으렴."

비타는 셈의 뺨을 가볍게 쓰다듬더니 셈에게 자신이 만든 떡을 건넸다. 셈은 떡을 받아 들고 먹기 시작했다.

'역시 엄마 요리가 최고야.'

주변은 고요했다. 가족들의 기후가 평소와 달랐다. 물론 셈도 마찬가지였다. 다른 때 같으면 가족끼리 모여 있을 때 들뜨고 행복했을 것이다. 그런데 지금은 그럴 수 없었다. 지금까지 자신을 속여 왔다고 생각하니 가슴에 앙금이 생겼기 때문이다. 이 자리에서 제대로 된 해명을 하지 않는다면 아마도 이 앙금은 영원히 가시지 않을 것이다.

"자, 그럼 이제 슬슬 이야기해야 할 것 같구먼."

무두셀라가 음료를 한잔 들이켜더니 먼저 입을 뗐다.

"어제 말했다시피 셈이 모든 진실을 알게 됐다. 그런데 그 전에 짚고 넘어가야 할 일이 있어. 셈은 방어벽을 전부 무시하고 들어와 버렸다. 방어벽이 약해진 건 아닌지 한 번 확인해 봐야 해."

라멕이 입을 열었다.

"방어벽에는 이상이 없어. 내가 몇 번이나 확인해 봤다니까."

"마지막으로 이곳에 온 사람은 누구지? 포털이 있는 방의 문이 열려 있었어."

이번에는 노아가 대답했다.

"그건 크게 중요하지 않은 것 같아. 방어벽이 있는 이상 그 방은 절대 보이지 않아. 그건 할아버지도 잘 알잖아."

무두셀라는 잠시 침묵에 빠졌다.

"그럼 가능님의 능력이 사라지고 있을 가능성은 있나?"

라멕이 대답했다.

"나도 그걸 조금 걱정했었는데 아직은 멀쩡해. 가능님의 보호의 힘은 이전과 다를 바가 없어"

"흠…… 그렇다면……."

무두셀라는 하얀 턱수염을 어루만지며 인상을 찡그렸다.

"셈을 이곳으로 인도한 분은 가능님이신 것 같다. 이런 일을 할 수 있는 건 가능님밖에 없어."

순간 정적이 흘렀다.

"아니야. 그냥 우연일 수도 있어. 설명하기 힘든 일이지만 지나치게 의미 부여하지 마."

비타가 입을 열었다.

"세상에는 설명할 수 없는 일들이 일어나기 마련이야. 그런데 그 모든 것을 다 가능님의 뜻인 양 받아들이는 것은 문제가 있다고 생각하는데, 안 그래, 무두셀라?"

"비타. 그렇게 이야기하는 것은 가능님을 무시하는 처사다. 인간은 이해할 수 없어도 가능님은 모든 것을 이해하시지. 인간의 계획은 완벽하지 않지만 가능님의 계획은 한 치의 오차도 없는 법이다. 셈이 이곳에 오게 된 것도 전부 가능님 계획의 일부야."

"비타. 이번에는 할아버지 말이 옳아."

노아가 비타에게 말했다.

"나도 동감이야."

라멕도 노아의 말을 받았다.

비타의 표정이 근심으로 가득 찼다. 그리고 불안한지 몸을 미묘하게 꿈틀거렸다.

"셈은 진실을 알아 버렸고, 셈은 우리의 손을 떠난 것 같다. 이제 모든 선택은 셈에게 달렸어. 우리는 현실을 받아들여야 한다. 그것이 가능님의 뜻을 따르는 길이야."

무두셀라는 셈을 쳐다보았다.

"자, 셈. 가능님이 너에게 어떤 마음을 주셨는지 알고 싶구나. 너의 생각을 듣고 싶다. 넌 앞으로 어떻게 했으면 좋겠느냐?"

셈은 침을 꿀꺽 삼켰다. 그리고 심장이 두근거리기 시작했다. 셈 역시 어떤 선택을 내리는 것이 맞는지 아직 확신을 못 하고 있었다.

"나는……."

모두가 셈의 입을 바라보았다. 셈이 어떤 말을 하는지 촉각을 곤두세우고 있었다.

"나는 이제 진실을 거부하고 살아갈 자신이 없어. 할 수 있는 게 없다고 해도 그냥 집에서 죽을 날만을 기다리고 있지 않을 거야. 밖에 나가서 내가 할 수 있는 것을 다 해 볼 거야. 나중에 후회하는 일이 없도록."

무두셀라는 고개를 끄덕였다.

"결국 너도 똑같은 선택을 내리는구나. 네 뜻을 잘 알았다. 그럼 이제 널 세상에 내보낼 준비를 시켜야겠구나."

"안 돼!"

비타가 소리 질렀다.

"무두셀라! 이런 식으로 결정을 내리는 게 어딨어? 셈은 아직 어린애란 말이야! 아무것도 모르는 애라고. 세상이 얼마나 타락했고, 얼마나 무서운지 아직 모른단 말이야! 그런데 그런 어린애가 섣부르게 내린 결정을 덥석 받아들인다고? 난 인정할 수 없어!"

이번에 비타는 셈을 보며 말했다.

"셈! 넌 절대 금지된 구역으로 넘어갈 수 없어! 넌 밖이 얼마나 무서운지 아직 잘 몰라. 네가 그렇게 쉽게 생각할 곳이 아니란 말이야! 넌 여기가 얼마나 행복한 곳인지 아니? 평생 여기서 지내니까 집의 소중함을 하나도 모르는 것 같구나. 미안하지만 넌 집 울타리 안에 있어야 해. 알겠어? 집 밖에서 일어나는 일은 어른에게 맡겨. 우리가 알아서 다 해결할 거야."

"싫어!"

셈도 목소리가 높아졌다. 셈이 엄마에게 소리를 높인 것은 이번이 처음일 것이다. 셈은 엄마를 무척이나 사랑했지만, 그만큼 큰 배신감도 들었다. 거짓말로 남의 인생을 자기 입맛대로 결정지어 버리는 짓을 더 이상 참아 줄 수 없었다.

"엄마는 언제까지 날 바보 취급할 셈이야? 어른들이 알아서 하겠다고? 무슨 수로 해결할 건데? 응? 신들은 어떻게 막을 건데? 어른이라고 해도 아무것도 못 하는 건 나랑 다를 게 하나도 없잖아! 왜 나는 가만히 앉아서 죽을 날만을 기다려야 하는 건데! 죽더라도…….”

비타는 큰 충격을 받은 것 같았다. 입을 멍하니 벌리고 눈을 크게 뜨며 셈을 보고 있었다.

“죽을 때 죽더라도 뭐라도 해 보고 죽어야 할 것 아니야. 난 여기서 아무것도 안 하고 있으면서 인생을 낭비할 시간 따위 없어. 무슨 방법이라도 찾아볼 거라고.”

“세…… 셈…… 너…… 지금…….”

비타는 말을 제대로 잇지 못했다. 그러더니 얼굴을 감싸 쥐고 흐느끼기 시작했다. 옆에 있던 노아는 비타를 품에 안고 다독였다. 셈도 그런 비타를 보며 마음이 편하지는 않았다. 하지만 어쩔 수 없었다. 언제까지 부모님 품 안에서 현실을 부정하며 살아갈 수는 없는 노릇이었다.

밖에 힘든 삶이 기다리고 있더라도 셈은 묵묵히 헤쳐 나가야 한다. 도저히 해내지 못할 것 같은 일이 나타나더라도 낙담하지 않고 방법을 찾아봐야 한다. 그렇게 더 강해져야만 한다. 부모님보다, 라멕보다, 무두셀라보다 더 강해져야만 한다. 셈이 상대해야 하는 신들은 그들보다 더 강하니까.

“비타. 네 마음은 이해하지만 우린 더 이상 셈을 막을 수 없어. 이제는 셈을 도와줘야 할 때야.”

라멕이 말했다.

“라멕의 말이 맞다. 비타. 야벳이 집을 나갔을 때 우린 진즉에 깨달았어야 했어. 세상에 우리가 마음대로 할 수 있는 것은 아무것도 없다. 단지 가능님이 마음에 심어 주신 운명을 따라서 살아갈 뿐이야. 셈의 운명이 무엇인지, 그 끝이 어디일지는 모르겠지만 우리는 셈이 자신의 운명에 다가갈 수 있도록 도와줘야 한다. 단지 위험에서 보호한다는 이유로 아무것도 모르게 만드는 것은 더 이상 가능님의 뜻이 아닌 것 같다."

"여보, 맞아. 우리가 셈을 언제까지 지켜 줄 수는 없어. 현실을 받아들여야 해. 우리 집이 언제까지나 안전할 거라는 보장은 없어. 오히려 셈이 스스로를 지킬 수 있을 만큼 강해지도록 도와주는 것이 더 안전할지도 몰라."

비타는 노아의 품에서 계속 울었다.

"좋아. 이제 셈의 생각을 알았으니 결론이 난 것 같다. 셈이 떠나고 싶다면 철저하게 준비시켜서 보내는 것이 우리가 해야 할 일인 것 같다."

무두셀라는 셈을 보며 말했다.

"셈. 네가 집에서 떠나는 것을 완전히 허락했다고 착각하지 마라. 이제 너는 우리에게 훈련을 받게 될 거야. 네가 우리의 기준을 충족시키기 전까지 넌 절대로 떠날 수 없다. 알겠니? 우리도 너를 지켜야 할 책임이 있으니까."

셈은 고개를 끄덕였다.

"알겠어. 어떤 훈련이든 다 이겨 낼 거야."

무두셀라는 자리에서 일어났다.

"좋아. 노아는 비타한테 말 좀 잘해 주거라. 난 먼저 나가서 일하고 있으마. 라멕 너는 셈에게 꿈으로 연락하는 방법 좀 알려 주거라. 야벳이 꿈으로 연락을 하는데도 전혀 눈치채지 못하는 것 같더구나."

라멕의 훈련

'뭐라고?'

셈은 머리를 한 대 얻어맞은 것 같았다. 이제까지 꿈에 나타난 야벳은 셈이 상상한 형이 아니었던 것이다. 동생이 생각날 때마다 야벳은 계속 해서 셈에게 말을 걸어왔던 것이다.

'그럼 그게 진짜 형이었어?'

셈은 다음에 야벳이 꿈에 나타나면 더 이상 슬퍼할 필요가 없다는 생각 에 흥분됐다. 진짜 살아 있는 형과 이야기를 할 수 있으니까.

"셈. 넌 날 따라와. 이제부터 절대 쉽지 않은 삶이 시작될 거야. 네가 선 택한 거니까 원망하지는 말고."

라멕은 셈을 데리고 2층으로 올라갔다. 그리고 가장 구석에 있는 방으 로 데려갔다. 그 방은 설명하기 힘든 오묘한 느낌이 났다. 벽에는 넝쿨이

자라고 있었고 작은 나무들도 있었다. 마치 작은 숲에 온 느낌이었다. 그리고 가장 안쪽 벽 한가운데에는 커다란 망치가 큰 넝쿨로 만들어진 망치 받침대 위에 올려져 있었다.

"이제 넌 이곳에서 훈련하게 될 거야."

라멕이 말했다.

"이곳은 '모든 것이 가능한 방'이라고 불려. 이곳에 있는 사람은 믿음이 몇 배로 강해지거든."

셈은 모든 것이 가능한 방의 기운에 매료되어 방을 이리저리 둘러보았다. 참 이상했다. 방은 분명 그대로인데 볼 때마다 새로웠다. 방이 계속 바뀌는 느낌이랄까?

"셈. 그런데 말이야, 훈련을 하기 전에 먼저 오해를 좀 풀어야 할 것 같아. 내 말을 먼저 들어 주겠니?"

셈은 고개를 끄덕였다.

"일단 앉아 보렴."

셈은 부드러운 풀이 있는 바닥에 앉았다. 푹신푹신해서 앉기 편했다.

"오늘 보니 너 화가 많이 난 것 같더라."

"당연하지. 어른들이 내 입장을 한 번이라도 생각해 봤어? 왜 내 인생을 전부 다 어른들 마음대로 만들려고 하는 건데?"

라멕은 셈의 어깨에 부드럽게 손을 올렸다.

"알아, 나도 알아, 셈."

라멕은 부드럽게 웃었다.

"나 역시도 똑같은 짓을 당했어. 너도 알잖아. 우리 아빠 앞뒤가 꽉 막힌 영감인거."

셈은 자기도 모르게 풋 하고 웃음을 터뜨렸다.

"그런데 내가 나이를 먹고 아는 것도 많아지니 우리 아빠가 왜 그랬는지 이해가 되더라."

라멕은 쓸쓸한 미소를 지어 보였다.

"너는 당장 이해가 안 되겠지만, 그래도 우리가 왜 그렇게밖에 할 수 없었는지 조금이라도 알려 주고 싶었어."

라멕은 가만히 셈을 쳐다보며 셈의 눈치를 살폈다.

"그리고 엄마한테 너무 화내지는 말아. 넌 지금 이해도 안 되고 화도 나겠지만 엄마는 너를 너무 사랑해서 그런 거니까."

라멕이 말을 이었다.

"가능님께서 이런 말씀을 하셨지."

'난 이 세상을 의롭게 창조했다. 악인들은 땅에서 없어지거니와 의인은 아름다운 땅에 남아 영원히 살리라.'

"가능님께서 아담에게 하셨던 말이라고 해. 너도 많이 들었겠지. 너를 포함해서 우리 조상들에게 영향을 미친 말이잖아."

라멕은 잠시 뜸을 들였다.

"우리가 너를 지킬 수 있는 유일한 방법은 너를 의인인 채로 남아 있게 만드는 것이라고 생각했어. 그게 우리가 너를 세상 밖으로 내보내려고 하지 않았던 이유야. 우리는 너를 세상으로부터 지켜 줄 힘이 없으니까. 네가 의인으로 남아 있으면 가능님께서 널 지켜 줄 거라고 믿은 거지."

"그럼 지금은 왜 밖으로 나가는 걸 허락해 주려고 하는 건데?"

"그건…… 우리가 생각하는 의인과 가능님께서 생각하는 의인에는 많은 차이가 있는 것 같아. 우리는 이제까지 죄를 짓지 않으면 의인이라고 생각했어. 그래서 죄를 지을 수 없는 환경을 만들면 의인을 만들어 낼 수 있을 거라고 믿었지. 그런데 가능님께서 그렇게 생각하지 않으시는 것 같구나. 너에게 진실을 알게 하신 것만 봐도 그래."

셈은 라멕이 말을 하는 동안 끊임없이 생각에 잠겼다. 정의롭다는 것은 무슨 말일까? 어떤 일을 해야만 의를 행했다고 말할 수 있을까? 세상이 멸망하는 것이 정의로운 일이라면, 그 멸망을 막으려는 것은 정의라고 부를 수 있을까? 셈은 가능님이 세상을 의롭게 창조하셨다면 그 의로운 세상을 지키는 것이 인간의 의무라는 결론을 내렸다.

"아무튼 셈. 난 우리에게 정해진 미래보다 가능님께서 했던 말을 받아들이기로 했어. 인간의 미래는 아무런 희망이 없어 보이는 게 사실이야. 하지만 난 아직도 의를 행하는 사람이 한 명이라도 남아 있다면, 희망이 계속 남아 있을 거라고 믿어."

라멕은 덤덤하게 이야기했지만 셈은 라멕의 말에 생략된 진한 삶의 향기를 느낄 수가 있었다.

"너도 마찬가지야. 네가 밖에서 무엇을 보든지 네가 믿는 것을 절대로 놓쳐서는 안 돼."

"알겠어. 난 의로운 사람들이 행복하게 살아가는 세상을 위해 싸워 나갈 거야. 무슨 일이 있더라도."

라멕은 그제야 미소를 지어 보였다.

"자, 이제 훈련을 시작할 때가 된 것 같네."

라멕은 자리에서 일어나더니 근처에 있는 나무로 다가갔다. 그러더니 나뭇잎 하나를 떼어 냈다. 셈 역시 라멕을 따라가 라멕이 무엇을 하는지 지켜보았다.

"자, 보이니?"

라멕은 잎사귀를 셈의 눈앞에 내밀었다. 셈은 잎사귀를 찬찬히 둘러보았다. 잎사귀 위에는 작은 벌레가 한 마리 앉아 있었다.

"벌레?"

"그래. 수면벌레야. 내가 너를 훈련시킬 때 자주 보게 될 녀석이니 잘봐 둬."

라멕이 길게 휘파람을 두 번 불었다. 그 벌레는 잎사귀 위로 날아오르더니 상하좌우로 크게 맴돌며 요상하게 움직이기 시작했다. 셈은 뭔가에 홀린 듯 그 벌레의 움직임을 눈으로 좇았다. 그러자 셈의 시야가 점점 흐려지기 시작했다.

셈은 산 위에 올라와 있었다. 왜인지 모르게 산 위를 계속해서 올라갔다. 셈이 위를 올려다보니 산의 정상은 아직 한참 남아 있었다. 몸을 짓누르는 피로를 이겨 내며 셈은 한 걸음 한 걸음, 산 위로 올라갔다. 그때 풀숲에서 무언가 부산하게 움직이는 소리가 들렸다. 풀과 나무가 흔들리고 있었다. 셈의 몸에도 미세한 진동이 느껴졌다. 곧이어 풀숲에서 거대한 뱀이 튀어나왔다. 셈의 몸집만큼 기다란 송곳니를 가진 뱀이었다.

'셋이 뱀을 죽였다고 했는데……..'

뱀은 시뻘건 눈으로 셈을 노려보았다. 뱀이 서서히 셈에게 다가오자 셈은 그 자리에서 굳어 버렸다. 그때 갑자기 하늘에서 누군가가 떨어지고 있었다. 그는 빛이 반짝거리는 망치로 뱀의 머리를 찍어 버렸고 뱀의 머리에 망치가 닿는 순간 망치에서 번개 같은 전기가 일어났다.

'콰앙.'

뱀은 그대로 쓰러졌다.

"참 사나운 꿈도 꾸는구나."

라멕이 셋의 망치를 들고 서 있었다.

"여긴 좀 정신 사나우니까 자리 좀 옮기자."

눈앞에 있던 뱀과 산의 모양이 변하기 시작했다. 어느새 라멕과 셈은 둘이 처음 있었던 그 방으로 돌아와 있었다. 라멕은 손에 들고 있던 셋의 망치를 벽에 있던 거치대에 올려놓았다.

"여기는 꿈속이야."

라멕은 방을 천천히 거닐면서 이야기를 계속했다.

"우리는 원래 영적인 존재들이라는 말을 들었을 거야. 쉽게 설명하면 꿈과 현실의 경계가 존재하지 않았다는 말이지."

라멕은 벽에 있는 넝쿨 앞에 멈춰 서서 손으로 넝쿨을 몇 번 쓰다듬더니 넝쿨을 자세히 살폈다.

"하지만 우리들의 영이 육신에 갇혀 버리면서 영과 육신의 경계가 생기기 시작했어. 그래서 이제는 현실에서 우리들의 영혼의 능력을 활용하기 정말 힘들어졌지."

라멕은 다시 방을 둘러보며 잎사귀나 풀들을 살펴보았다.

"그러니까 일단 넌 꿈을 다루는 데 익숙해져야 해. 그래야 영의 세계에 더 깊숙이 관여할 수 있으니까."

라멕은 혼잣말로 "이 정도면 거의 비슷하네."라고 중얼거렸다.

"네가 만약 꿈에서조차 해내지 못한다면 현실에서도 해낼 수 없을 거야. 눈에 보이는 세상은 눈에 보이지 않는 세상에서 비롯된 거거든."

라멕이 둘러보는 동안 셈도 같이 방을 둘러보았다. 셈은 방을 볼수록 약간 걱정이 됐다. 이제 꿈과 현실을 어떻게 구분하지?

"우리가 서로 멀리 떨어져 있을 때 소통할 수 있는 방법이 몇 가지 있어. 그중에서 가장 확실한 방법이 이렇게 꿈으로 소통을 하는 거야. 가장 초보적인 기술이니깐 꼭 익혀 둬야 해."

라멕은 자리에 앉으며 말했다. 셈도 똑같이 자리에 앉았다. 푹신푹신한 풀잎의 감촉. 현실과 전혀 다를 게 없었다.

"일단 원활하게 꿈으로 소통하려면 두 사람 다 잠을 자고 있어야 해. 그리고 서로의 영을 느낄 수 있어야 하지. 그 사람의 영혼이 어떤 모습인지, 어떤 본질을 가졌는지 느껴 봐. 이때 주의할 점은 그 사람의 육체적인 모습을 먼저 생각하지 말라는 거야. 때로는 육체의 모습이 그 사람의 영혼을 느끼는 데 방해가 되니까."

셈은 영혼을 느끼는 것이 무엇인지 잘 이해가 되지 않았다.

"영혼을 어떻게 하면 느끼는 거야? 잘 모르겠어."

"그래. 처음에는 어렵지만 노력하다 보면 익숙해질 거야. 내가 좀 도와줄게."

라멕이 손가락을 가볍게 튕기자 라멕은 셈의 눈앞에서 사라져 버렸다.

"자, 내 모습은 사라지고 없어. 하지만 분명 네 앞에 존재하고 있지. 그럼 넌 이제 어떻게 내 존재를 알아차릴 수 있겠니? 영혼을 이해하려면 눈에 보이는 것을 의지하면 안 돼. 눈에 보이는 영역을 넘어서야 하지."

셈은 눈을 감고 라멕의 존재를 느껴 보려고 노력했다. 그런데 라멕을 생각할수록 라멕의 얼굴만 떠오를 뿐이었다.

"이제 난 네 꿈속에서 나갈 거야. 네가 내 영혼을 느끼고 날 부르지 않는 이상 진짜 나는 네 꿈에 나오지 않게 될 거야. 그럼 이따가 보자고."

이 말을 끝으로 방 안에는 정적이 흘렀다. 셈은 라멕의 영혼을 느끼기 위해 갖은 노력을 했다. 하지만 도무지 라멕의 영혼은 어떤 느낌인지 감이 잡히지 않았다. 그럴 때마다 자꾸 라멕의 모습만 생각날 뿐이었다.

셈은 눈을 뜨고 자리에서 일어났다. 그리고 라멕이 그랬듯 방을 거닐었다. 그러면서 넝쿨이나 나뭇잎을 살펴보았다.

"라멕? 라아멕? 라아메엑!"

셈은 괜스레 라멕을 불러 보았다. 이렇게 부르다 보면 다시 나타날지도 모르기 때문이다.

"할아버지? 하알아버지? 하아아알아버어지이이!"

고요한 정적 속에서 셈은 미칠 것 같았다. 이제 라멕의 영혼을 느끼는 것은 셈의 관심사가 아니었다. 누구든 앞에 나타나 지루함을 달래 줬으면 했다.

"라멕 바보. 라멕 바아아보. 듣고 있어? 할아버지 바보!"

라멕을 기분 나쁘게 하면 화가 나서 다시 나타나지 않을까?

"라멕 구라쟁이! 입만 열면 거짓말이지? 어떻게 평생 날 속여 먹을 수 있어? 거짓말 전문가!"

하지만 고요한 정적만 흐를 뿐이었다. 셈은 결국 방을 한 번 나가 보기로 했다. 꿈이라서 그런지 생각이 매우 단순해졌다. 셈의 행동에는 별다른 이유는 없었다. 셈이 방문을 열고 나가자 커다란 동굴이 눈앞에 펼쳐졌다. 동굴 안에 누군가 서 있었다.

"할아버지?"

점점 가까이 다가가자 형체가 뚜렷해졌다. 라멕이었다! 그런데 라멕이라고 하기에는 느낌이 좀 이상했다. 셈은 라멕을 보고 안도감이 들면서도 걱정이 들었다.

'방금 방에서 했던 말은 못 들었겠지?'

"할아버지 맞구나! 나 드디어 해냈어!"

그런데 라멕은 아무런 말도 하지 않고 다른 곳을 보고 있었다.

"라멕! 나 해냈어!"

셈은 억지로 흥을 내보려고 했지만, 묵묵부답인 라멕 때문에 흥이 곧 꺼져 버렸다. 라멕이 셈에게 시선을 옮겼는데 확실히 조금 이상했다. 라멕의 눈이 뱀처럼 붉게 빛나고 있었기 때문이다. 라멕은 눈을 부라리며 뚜벅뚜벅 셈을 향해 걸어왔다. 라멕은 셈에게 점점 가까이 다가왔다. 라멕이 입을 열자 라멕의 입에서 뱀의 혀가 튀어나왔다. 셈은 무언가 잘못됐다는 것을 깨달았다. 셈은 서둘러 방에 다시 들어가려고 했다. 하지만 문을 찾을 수가 없었다.

셈은 겁에 질리지 않은 척하며 빠른 걸음으로 그곳을 벗어나려고 했다. 그런데 셈의 발걸음에 맞춰 라멕이 쫓아왔다. 라멕이 쫓아올수록 셈의 발걸음은 더 빨라졌다. 라멕이 셈을 거의 따라잡을 즈음 셈은 문을 발견했다. 셈이 손잡이에 손을 뻗을 때 뒤에서 라멕이 냅다 소리를 질렀다.

"구라쟁이? 거짓말 전문가? 웃기지 마! 병신같이 평생 속은 네 잘못이지!"

셈은 벌컥 문을 열고 들어갔다. 문을 닫으려고 했지만, 라멕이 문을 닫지 못하게 막아섰다. 셈은 방 안으로 도망쳤다. 라멕은 뱀의 혀를 날름거리며 쫓아 들어왔다. 결국 셈과 라멕은 방 안에서 서로 대치하게 되었다. 그러자 라멕의 피부색이 서서히 초록색으로 물들기 시작하더니 몸이 길쭉하게 늘어나기 시작했다.

셈은 주위를 두리번거리며 싸울 무기를 찾았다. 거치대에 망치가 있었다는 것을 생각해 내고 벽을 보자 벽에 있는 거치대에 망치가 올려져 있었다. 셈은 뱀으로 변해 버린 라멕과 싸우기 위해서 망치를 집어 들었다. 라멕은 이미 뱀으로 변해 '쉭쉭' 소리를 내며 셈에게 다가오고 있었다. 셈이 망치를 휘두르려고 높이 들어 올렸다. 어느새 망치는 가느다란 나뭇가지로 변해 있었다.

'아, 이제 어떡하지?'

셈은 머리가 하얘졌다. 그때 어떤 소리가 들리기 시작했다.

"셈."

'누구지?'

셈은 혼란스러웠다.

"셈. 그만 일어나."

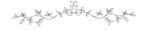

꿈 훈련

셈은 눈을 떴다. 라멕과 수련을 하러 들어온 그 방이었다.

"한 번에 성공하기는 쉽지 않겠지."

셈은 라멕의 입을 주의 깊게 쳐다보았다. 혹시라도 혀가 뱀의 것은 아닌지 확인해 봐야 했기 때문이다.

"물론 난 한 번에 성공했지만."

씩 웃는 라멕의 얼굴을 보면서 셈은 안도가 되었다. 꿈속에서 보았던 라멕과는 느낌이 달랐다. 셈이 항상 알던 그 라멕이 확실했다.

"혹시 잠을 더 잘 수 있겠니?"

셈은 정신이 말짱했다. 더 이상 잠을 잘 수 있을 것 같지 않았다.

"아니."

"그래. 그럴 만도 하지. 넌 거의 온종일 잠들어 있었으니까."

"뭐라고?"

셈은 놀라움을 금치 못했다. 길어 봐야 다섯 시간이나 잤을 거라고 생각했기 때문이다.

"이쯤에서 꿈에 대한 상식 하나를 더 알려 줄게. 물론 너도 어렴풋이 느꼈을 거야. 오래 꿈을 꾸었다고 해서 현실에서 오랜 시간이 지나 있는 것은 아니야. 반대로 아주 짧은 꿈을 꾸었어도 엄청나게 긴 시간이 지나 있을 수 있지. 꿈은 시간을 초월해서 존재하거든. 꿈이 영의 세계와 밀접하게 접근할 수 있는 수단이라서 영의 세계와 비슷한 구석이 많아."

그제야 셈은 배가 고프다는 사실을 깨닫게 됐다. 너무 허기가 져서 바닥에 있는 풀이라도 뜯어 먹고 싶은 심정이었다. 배에서도 꼬르륵 소리가 나기 시작했다.

"잠에도 에너지가 있어. 많이 자면 더 이상 잠이 오지 않고 조금밖에 못 잤다면 더 잘 수 있게 돼. 그런데 넌 이제부터 이런 잠의 에너지를 더 키우고 그 에너지를 자유롭게 활용할 수 있는 법도 익혀야 할 거야. 네가 원하면 계속 잘 수도 있고, 원치 않으면 잠을 자지 않을 수도 있도록 말이야."

라멕이 손바닥이 위로 오게 한 뒤 손을 가슴 높이로 올리자 손바닥 위에 빛이 생기기 시작했다. 라멕은 그 빛으로 손을 집어넣었다. 그리고 그곳에서 떡 한 덩이를 꺼냈다.

"자, 이제 다시 훈련에 들어갈 거야. 너에게는 두 가지 선택지가 있어. 하나는 배불리 음식을 먹고 시작하는 것. 두 번째는 음식을 먹지 않고 다시 시작하는 거야."

셈은 고민할 것도 없이 손에 들고 있는 라멕의 떡에 손을 뻗었다. 그러자 라멕은 손을 치우며 말했다.

"잠깐. 아직 내 말 안 끝났어. 만약 네가 음식을 먹지 않으면 너의 영력을 끌어올리는 데 훨씬 도움이 될 거야."

라멕은 다시 셈 쪽으로 떡을 내밀었다.

"육신이 약해질수록 너의 영적인 감각은 훨씬 예리해지지. 그래서 영적인 훈련을 할 때는 금식도 같이하는 경우가 많아. 하지만 넌 이제 막 수련을 시작했으니까 바로 금식까지 하는 것은 버거울 수도 있을 것 같아. 만약 네가 지금 먹지 않으면 넌 이 훈련에 성공할 때까지 아무것도 먹지 못할 거야. 어떡할래?"

셈은 떡을 물끄러미 바라보았다. 지금 당장이라도 먹어 치우고 싶었지만 그럴 수 없었다. 어차피 견뎌 내야 하는 고통이다. 피할 수 없는 고통이라면 최대한 빨리 마주친 다음 그 고통을 이겨 낼 수 있는 방법을 찾는 편이 현명하다.

"그럼 난 먹지 않을 거야."

"좋아. 이번에는 성공할 때까지 일어나지 못할 거야. 네가 나를 불러야만 꿈에서 벗어날 수 있어."

라멕은 일어나더니 나무가 있는 곳으로 향했다. 그리고 잎사귀 하나를 떼서 돌아왔다.

"벌레 움직임을 잘 보라고."

라멕이 휘파람을 길게 두 번 부르자 벌레는 다시 날아오르기 시작했다. 셈의 의식 역시 점점 흐려졌다. 셈이 정신을 차리자 라멕은 여전히 앞에 앉아 있었다.

"자, 이제 다시 꿈이야."

라멕이 몸을 일으켰다.

"난 이제 방을 떠나야 해. 해야 할 일이 있거든. 그래도 걱정하지 마. 네가 내 영혼을 느끼고 날 부르기 시작하면 난 그걸 바로 느낄 수 있어. 그럼 다시 곧장 꿈으로 돌아올 테니까."

말이 끝나기가 무섭게 라멕의 모습이 사라져 버렸다. 또다시 방에는 정적이 흘렀다. 셈의 배에는 꼬르륵거리는 소리가 들렸다. 이제 셈은 배가 고프다 못해 아프기 시작했다. 셈은 자기도 모르게 바닥에 있는 풀을 뜯어서 입으로 가져갔다. 그리고 마치 소에 빙의된 듯 풀을 잘근잘근 씹어 먹었다.

아무 맛도 느껴지지 않았지만 셈은 허기를 달래 보고자 바닥에 있는 풀을 다시 한 움큼 손으로 뜯어 먹었다. 하지만 그래도 허기가 달래지지는 않는 것 같았다. 이번에는 두 손으로 풀을 잡아 뜯었다. 그런데 문득 라멕의 말이 생각났다.

'금식을 해야 영적인 감각이 더 예리해진단다.'

셈은 손에 쥐고 있던 풀을 다시 바닥에 내려놓았다.

셈은 라멕의 영혼을 느끼기 위해 정신을 집중했다. 도무지 갈피가 잡히지 않았다. 셈이 머리를 비우자 마음속에 어떤 느낌이 들기 시작했다.

'부드러움.'

말로 설명하기는 힘든 느낌이었다. 하지만 굳이 표현해야 한다면 부드러움이었다.

"셈! 이제 점심 먹어야지~"

밖에서 비타의 목소리가 들려왔다. 셈은 비타의 목소리를 듣자 흥이 났다.

"엄마~ 어디 있어?"

"어디긴~ 어서 밖으로 나오렴. 점심 먹어야지."

셈은 곧장 일어나 방문을 나갔다.

밖에서 비타가 떡을 찌고 있었다. 그리고 접시에 떡 몇 덩이를 올려놓았다.

"어서 먹으렴."

셈은 접시에 있는 떡을 정신없이 집어 먹었다. 비타는 다양한 과일과 나무 열매도 가지고 왔다. 무슨 날인지 모르겠지만 비타는 진수성찬을 차리고 있었다. 셈은 손에 집히는 대로 정신없이 먹었다. 비타는 셈이 아무리 먹어도 더 많은 음식을 가져다주었다. 그때 셈은 바람이 부는 것을 느꼈다. 익숙한 느낌의 바람이었다.

셈은 바람이 부는 곳에서 인기척을 느꼈다. 그곳에 남자 한 명이 서 있었다. 키가 큰 편이었고 아주 강해 보였다. 몸도 상당히 강해 보였지만 몸보다 그의 정신이 더욱 강해 보였다. 하지만 위험한 사람처럼 보이지는 않았다.

"지금 뭐 하고 있니?"

그 남자는 매우 정중하게 셈에게 물었다. 그때 셈은 문득 깨달았다. 셈은 지금 꿈속에 있었다. 그리고 수련을 하고 있었다. 셈은 자신의 꿈으로 라멕을 불러야 했다.

"난 지금 수련을 하고……."

셈이 그 남자에게 설명하려는데 그 남자는 어느새 사라지고 없었다. 셈은 어느덧 집으로 돌아와 있었다. 방에는 그립고도 익숙한 침대가 보였다. 셈은 침대에 보자마자 털썩 누웠다.

'쾅.'

엄청난 폭음이 들리며 집이 흔들렸다. 셈은 불길한 느낌이 들어 밖으로 나가 보았다. 저 멀리에 불덩이가 떨어져서 나무가 다 타고 있었다. 셈은 떨리는 마음을 부여잡고 불덩이가 떨어지는 곳으로 천천히 걸어갔다. 그때 하늘에서 무언가 떨어졌다. 그 불덩이는 점점 셈이 있는 곳으로 다가왔다.

'제발.'

셈은 불덩이가 이쪽으로 오지 않기를 빌었다. 방향을 바꾸길 바랐다.

'쾅.'

그 불덩이는 그대로 셈의 집에 떨어졌다. 셈의 집은 순식간에 사라지고 대신 그곳에 불이 활활 타올랐다. 셈은 사지가 후들후들 떨렸다. 그때 셈의 머리에 한 생각이 스쳤다.

'이거 꿈 아니야?'

꿈이었다. 셈은 다시금 꿈속에 있다는 사실을 깨닫게 되었다.

'괜찮아. 전부 꿈이야. 내 마음대로 다시 바꿀 수 있어.'

셈의 마음은 차분하게 가라앉았다. 그러자 주변에 불꽃이 전부 사라지고 평화가 찾아왔다.

'이제 라멕만 부르면 돼.'

셈은 몸과 마음을 비우고 라멕의 존재를 느껴 보려고 했다. 셈은 눈을 감았다. 마치 바로 앞에 있는 라멕을 느끼려는 것처럼 모든 감각을 집중했다. 육신 속에 갇혀 있는 라멕의 영혼은 어떤 모습일까?

'부드러움.'

셈은 마음속에 들어오는 느낌을 거부하지 않았다.

'유쾌함.'

셈이 느끼는 것을 정확하게 말로 표현할 수는 없었다. 하지만 굳이 표현한다면 부드러움과 유쾌함이 절묘하게 섞여 있는 모습이었다.

'용감함.'

셈은 가만히 눈을 떴다. 눈앞에 라멕이 서 있었다.

"축하한다. 드디어 해냈구나."

라멕이 씩 웃었다. 셈은 반가움과 기쁨의 감정이 교차했다.

"그런데 여기는 도대체 무슨 일이 있었던 거니? 엄청난 사투가 있었던 것 같은데."

라멕은 불에 다 타 버리고 거대한 분화구만 남은 집 주위를 걸으며 말했다.

"좋아. 뭐. 어쨌든 이 정도면 이제 꿈을 어느 정도 잘 통제하겠네."

라멕이 말을 하는 동안 세상이 점점 일그러졌다. 그리고 라멕과 셈은 수련을 했던 방으로 와 있었다.

"앞으로 수련을 할 때 항상 이 방에서 하는 것이 좋아."

라멕은 나무로 걸어가서 잎사귀를 하나 떼어 냈다. 그리고 휘파람을 길게 한 번 불자 수면벌레가 날아오르기 시작했다.

무두셀라의 훈련

셈이 눈을 떴을 때 셈은 '모든 것이 가능한 방'에 누워 있었다. 머리가 지끈지끈 아파 왔다. 몸을 간신히 일으켜 보니 방에는 셈 혼자 있었다. 셈은 꿈인지 현실인지 깨닫기 위해서 시간이 좀 필요했다. 셈은 이전에 있었던 일을 되새김질했다. 라멕이 모든 것이 가능한 방에서 사라져 버렸던 일. 비타가 차려 준 진수성찬을 먹어 치웠던 일. 집이 불에 타서 사라져 버린 일. 그리고 마지막에 라멕이 축하한다고 이야기했던 것이 기억났다. 그제야 셈은 현실에서 눈을 떴다는 것을 깨달았다. 그때 방 안으로 누군가 들어왔다.

"고생 많았다, 셈. 꿈을 통제하는 데 성공했다고 하더구나."

무두셀라였다. 며칠 전에 무두셀라와 긴 시간을 보냈지만, 셈은 오랫동안 보지 못했던 것처럼 낯설었다.

"사실 아직도 잘 모르겠어. 꿈속에서 꿈인지 현실인지도 자꾸 헷갈렸다고."

"아냐. 넌 확실히 꿈에서 라멕을 불렀단다. 다시 말하면 꿈을 꾸면서 네가 꿈속에 있다는 것을 지각했다는 거야. 그리고 넌 꿈을 네가 원하는 모습으로 바꿔 놓고 다른 사람의 영을 부르는 데 성공한 거지. 이 정도면 꿈을 통제하는 데는 성공한 거다. 아직 익숙하지 않아서 그래. 앞으로 계속 연습한다면 곧 익숙해질 게다."

무두셀라는 흐뭇하게 웃었다. 셈의 정신이 점점 현실에 적응하자 심한 갈증이 느껴지기 시작했다. 게다가 배는 고프다 못해 아파 왔다.

"자, 셈. 이제 나랑 훈련할 차례구나."

무두셀라의 눈앞에 빛이 생기기 시작했다. 무두셀라는 빛에 손을 집어넣고 음료가 담긴 컵을 꺼냈다.

"이제 다시 선택할 차례다. 너에게 음료와 간단한 음식을 줄 수는 있어. 하지만 만약 네가 계속 단식을 한다면 너의 영력이 더 예리해질 거란다. 어떡하겠니?"

셈은 당장이라도 앞에 있는 음료를 벌컥벌컥 마시고 싶었다. 하지만 확실히 배가 고프고 목이 마른만큼 새로운 감각이 예리해지고 있다는 것을 느꼈다. 먹고 싶은 것을 실컷 먹었다면 꿈을 통제하는 것 역시 실패했을지도 모른다. 셈은 앞으로 이것보다 더 힘든 과정을 겪어야 할지도 모른다는 생각이 들었다. 고작 이 정도로 마음이 약해져서는 안 되는 노릇이었다. 더 강해질 수만 있다면, 음식을 먹지 않는 것이 뭐 그리 대단한 것이랴.

"그럼 난 먹지 않겠어."

셈은 자기가 대답을 한 것 같지 않았다. 셈의 목에는 아무런 감각도, 힘도 없었기 때문이다.

"잘 생각했다. 셈. 이제부터 네 기를 예민하게 느끼려고 노력해 보아라. 네가 밖으로 나가게 된다면 지금처럼 오랫동안 음식을 먹지 못할 때가 있을 거야. 그때는 최대한 기를 아껴 가면서 움직여야 한단다. 불필요한 기를 낭비하지 않아야 하고 네 안에 숨겨져 있는 기를 찾아낼 필요가 있을 게다."

무두셀라는 빛 속으로 음료 잔을 집어넣어 버렸다.

"따라오너라."

무두셀라는 셋의 망치가 있는 곳으로 데려갔다.

"이걸 한 번 들어 보거라."

무두셀라는 셋의 망치를 가리켰다. 셈은 두 손으로 망치 자루를 쥐고 조심스럽게 들어 올렸다. 망치는 상당히 무거웠다. 음식도 오랫동안 먹지 못했던 터라 힘이 없어 손이 계속 후들거렸다. 하지만 셈은 망치 자루를 쥐는 순간 왠지 모를 힘이 내면에서 솟아오르는 것을 느꼈다. 셈은 뭐든지 다 할 수 있을 것 같은 기분이 들었다.

"이제 휘둘러 보거라."

셈은 공중에 망치를 크게 한 번 휘둘렀다. 하지만 망치가 너무 무거워 망치를 휘두를 때 제대로 몸을 가누지 못하고 휘청거렸다.

"이 망치의 느낌을 잘 기억해 두어야 한다. 이 망치는 셋의 믿음이 담겨 있는 망치야. 잘만 사용한다면 셋이 담아 둔 힘을 이용할 수 있을 거란다. 이제 다시 망치를 거치대에 올려 보거라."

셈이 망치를 거치대에 다시 돌려놓았다. 그러자 무두셀라의 눈앞에 빛이 생겨나기 시작했다. 망치 손잡이 위에도 빛이 생기기 시작했다. 무두셀라가 빛에 손을 넣자 무두셀라의 손이 망치 손잡이 위에 있는 빛에서 튀어나왔다. 무두셀라의 손은 망치 손잡이를 잡고 다시 빛으로 빨려들어 갔다. 그러자 어느새 무두셀라는 셋의 망치를 한 손으로 들고 있었다. 무두셀라는 공중에 가볍게 몇 번 휘두르더니 다시 망치를 거치대 위에 올려놓았다.

"이제 내가 너에게 가르쳐 줄 것은 바로 물건 소환이란다. 옛날 조상들은 영과 혼도 소환을 할 수 있었지만 이제 그런 것은 불가능해졌어. 하지만 영과 혼이 없이 육체만 있는 것들은 아직 소환 가능하단다."

셈은 '난 저렇게 절대 못할 것 같아'라고 생각했다.

"일단 꿈에서 먼저 연습하게 될 거야. 꿈에서 성공을 하고 나면 그 느낌을 현실로 그대로 가져오는 거다."

무두셀라는 나무로 가서 잎사귀 하나를 떼어 냈다.

"그리고 그 전에 네가 한 가지 더 해야 할 것이 있다. 이제 잠을 완벽히 통제할 줄도 알아야 해. 네가 원하는 때 자서 네가 원하는 때 일어날 수 있어야 한다는 거야."

무두셀라는 잎사귀를 내밀었다.

"이번엔 네가 한번 해 보렴."

셈은 라멕이 했던 것처럼 휘파람을 길게 두 번 불었다. 그러자 잎사귀에 앉아 있던 수면벌레가 공중으로 날아오르기 시작했다.

망치 소환

"네가 나와 함께 수련해야 할 것은 두 가지다."

무두셀라는 쪼그려 앉아서 망치의 손잡이 부분을 쓰다듬으며 말했다.

"먼저 잠을 통제해야 한다. 그리고 이 망치를 소환할 수 있어야 해. 잠을 통제하는 건 조금만 연습하면 어렵지는 않을 거다. 수면벌레를 상상할 수만 있다면 가능하거든."

무두셀라는 자리에서 일어났다.

"이제 내가 소환할 수 있는 방법을 알려 주마."

무두셀라가 눈을 감자 무두셀라 앞에 빛이 생기기 시작했다.

"이 세상은 믿음으로 되어 있단다. 인간이 믿는 것은 현실이 되고 현실은 믿음이 있기에 존재할 수 있는 거야. 망치가 거치대에 있는 것은 우리가 그곳에 있을 거라고 믿기 때문이란다. 다시 말해서 망치가 내 손 안에 있다고 믿을 수만 있다면 그 믿음은 현실로 이루어지게 되지."

어느새 무두셀라의 손에는 망치가 들려 있었다.

"눈앞에 망치가 없는데 망치를 손에 넣을 수 있다고 믿기는 쉽지 않단다. 그래서 눈을 감음으로써 눈에 보이는 현실을 받아들이지 않으려고 하는 것이지."

무두셀라는 망치를 다시 거치대 위에 올려놓았다.

"너도 한번 해 보거라. 눈을 감고 지금 네가 있는 자리에서 망치를 가져오는 거야. 지금 바로 네 앞에 망치가 놓여 있다고 상상해라. 망치의 촉감부터 무게까지 최대한 자세히 상상해 봐. 네 눈앞에 망치가 놓여 있다고 믿을 수 있으면 네 눈앞에 있는 거란다. 넌 그냥 눈앞에 있는 망치를 가져오면 그만인 거야."

셈은 눈을 감았다. 그리고 방금 들었던 망치의 모양과 무게를 선명하게 그렸다. 셈은 눈앞에 있는 망치의 손잡이를 꽉 잡은 다음 눈을 떴다. 주위를 둘러보니 망치는 거치대에 그대로 올려져 있었고 셈은 빈손으로 망치를 잡는 시늉을 하고 있었다. 무두셀라와 눈이 마주치자 무두셀라는 어깨를 으쓱했다.

"처음부터 성공하기란 쉽지 않겠지. 어렵다면 망치를 충분히 들어 보고 휘둘러도 보아라. 네가 망치에 대해 정확히 알면 알수록 수련이 더 쉬워질 거란다. 꿈에서 소환에 성공하면 그다음에는 현실에서도 시도해 보아라. 그러고 나서 날 부르면 된단다. 잠을 통제하는 건 물건 소환을 할 수 있게 되면 그리 어렵지 않을 거란다."

말이 끝나자 무두셀라의 모습이 사라져 버렸다. 셈은 계속 눈을 감고 망치를 상상해 보려고 노력했다. 하지만 망치는 잡힐 듯 손에 잡히지 않왔다. 셈은 망치가 있는 거치대에 가서 두 손으로 망치를 들어 올렸다. 무게를 느껴 보고 한 번 크게 휘둘러보았다. 그런데 망치가 생각보다 무겁지 않았다.

한 손으로도 충분히 들 수 있을 것 같았다. 셈은 한 손으로 망치를 들고 크게 휘둘렀다. 그러자 망치의 머리가 날아가더니 벽에 세게 부딪쳐 버렸다. 벽에는 구멍이 나 버렸고, 셈은 망치 자루만 들고 있었다.

'이런, 어떡하지?'

셈은 아쉬운 대로 망치 자루를 거치대에 올려놓았다. 그리고 눈을 감고 다시 망치를 복구해 보려고 노력했다. 다시 눈을 뜨고 거치대에 가 보니 자루만 덩그러니 놓여 있었다. 셈은 벽에 나 있는 구멍에 다가갔다. 문득 그 구멍 안에 뭐가 있을지 궁금해졌기 때문이다. 셈이 벽에 뚫린 구멍 안을 들여다보니 그곳은 어두컴컴한 동굴이었다.

셈은 빛나는 막대기가 있었으면 좋겠다고 생각했다. 동굴 안을 자세히 들여다보고 싶었다. 방 주위를 두리번거리자 망치 거치대에는 망치 자루 대신 빛나는 막대기가 올려져 있었다. 셈은 그 빛나는 막대기를 집어 들었다. 그리고 그 막대기를 한번 휘두르자 막대기에서 빛이 나기 시작했다. 그리고 막대기를 벽에 있는 구멍 쪽으로 슬그머니 갖다 대고 구멍 안을 들여다보았다.

그러자 그곳에 있는 박쥐 떼들이 눈에 보였다. 박쥐들은 불빛 때문에 기분이 상했는지 신경질적으로 날아다니기 시작했다. 그리고 불빛이 있는 쪽으로 점점 몰려들었다. 셈은 불길한 느낌이 들어서 벽에서 몸을 떼고 빛나는 막대기로 큰 원을 두 개 그려 불을 껐다. 그런데 이미 박쥐들은 방 안으로 들어오고 있었다.

박쥐들은 자꾸 셈에게 날아와 셈을 물려고 했다. 셈은 들고 있던 막대기를 휘둘러 박쥐를 막아 냈지만, 그 때문에 막대기에는 다시 불이 켜지고 말았다. 불빛을 보고 벽에 있는 구멍에서 끝도 없이 박쥐가 몰려왔다. 얼마 지나지 않아 방 안은 순식간에 박쥐들로 가득 찼다. 셈은 이제 박쥐 떼에 뒤덮이기 일보 직전이었다.

박쥐는 셈의 머리와 팔과 어깨에 내려앉았다. 셈은 끝까지 막대기를 휘둘렀지만, 박쥐가 너무 많아서 막는 데는 한계가 있었다. 하지만 셈은 그 와중에 한 가지 사실을 깨우쳤다.

'이건 꿈이야.'

박쥐는 셈의 눈앞에 아무것도 보이지 않을 정도로 방에 가득 차 있었다. 셈은 간신히 막대기를 휘두르며 벽 쪽으로 나아갔다. 셈의 막대기가 벽을 쳤다. 셈은 벽에 붙어 있는 박쥐들을 손으로 간신히 벗겨 냈다. 그리고 벽에 있는 잎사귀 하나를 떼어 냈다. 그리고 휘파람을 길게 한 번 불자 수면벌레가 위로 날아오르기 시작했다.

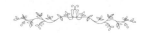

믿음 훈련

셈은 현실로 다시 돌아와서 어떻게 수련하면 좋을지 고심했다. 셈은 곧장 일어나서 망치가 있는 거치대로 향했다. 망치의 자루를 자세히 쳐다보기도 하고, 망치를 두 손으로 들고 휘둘러보기도 했다. 먼저 망치에 익숙해져야 꿈에서도 망치를 자유자재로 사용할 수 있을 거라고 생각했기 때문이다.

음식을 먹지 않은 지 오래되어 셈의 손끝이 떨리기 시작했다. 그래도 나름 견딜 만했다. 배고픔의 고비를 한차례 넘기고 나니 더 이상 배고픔이 느껴지지는 않았다. 다만 입은 바짝바짝 말라 삼킬 침도 점점 줄어드는 것 같았다.

셈은 라멕이 그랬던 것처럼 망치를 들고 방 안을 여기저기 돌아다녔다. 나무를 자세히 보기도 하고 벽에 붙어 있는 넝쿨도 조목조목 살폈다. 손으로 쓰다듬어 보기도 하고, 냄새도 맡아 보았다.

셈은 '모든 것이 가능한 방'을 최대한 느끼려고 했다. 셈의 머리, 가슴 그리고 세포 하나하나에 이 방의 기억을 새겨 넣으려고 했다. 셈은 망치를 손에 든 채로 잎사귀 하나를 뗐다. 그리고 길게 휘파람을 두 번 불렀다. 셈은 다시 잠이 들었다.

셈은 바로 눈을 뜨지 않았다. 계속 눈을 감고 앞이 캄캄한 상태에 있으려고 했다. 그리고 빈 공간에 방의 이미지를 하나하나 그려 넣었다. 셈의 피부는 방을 느끼고 있었다. 셈의 머리는 방의 내부를 완벽하게 그려 내고 있었다. 셈이 눈을 뜨자 셈은 '모든 것이 가능한 방'에 와 있었다. 망치는 거치대에 얌전히 놓여 있었다. 셈은 방의 구석구석을 돌아다니며 나무와 땅에 있는 풀을 손으로 어루만지며 세세하게 살펴보았다.

그런 뒤 거치대 쪽으로 자리를 옮겨 망치의 손잡이를 한 번 쓰다듬었다. 영락없는 망치 자루다. 그리고 두 손으로 자루를 잡고 망치를 들어 올렸다. 망치는 너무 무겁지도, 가볍지도 않았다. 그리고 망치를 크게 한 번 휘둘렀는데 여느 때처럼 무게를 이기지 못하고 살짝 휘청거렸다. 완벽한 망치다.

셈은 망치를 다시 거치대에 올려놓았다. 셈은 이번에 새로운 시도를 해 보기로 한다. 다시 자리에 앉아서 눈을 감았다. 그리고 방을 눈앞에 펼쳐 내기 시작한다. 그리고 이번에는 셈이 망치를 품에 안고 있는 모습을 그렸다. 망치의 느낌과 무게를 품 안에서 최대한 느껴 보려고 했다. 최대한 자연스럽게. 원래 항상 그곳에 있었던 것처럼.

셈은 딱딱한 쇳덩이가 가슴팍에 닿아 있는 느낌이 들었다. 눈을 뜨니 망치는 셈의 품 안에 있었다.

'성공이다.'

셈은 방 안에서 이상한 인기척을 느꼈다. 망치 자루를 들고 조심스럽게 일어나 주위를 둘러보니 온통 숯처럼 새까만 두 형체가 방 안에 돌아다니고 있었다. 그들에게서 좋지 않은 기운이 느껴졌다. 그 형체는 사람 모양이었지만 긴 꼬리와 커다란 눈을 가지고 있었다. 눈동자와 이빨까지도 모두 검은색이었다.

두 검은 형체는 교대로 셈의 주위를 빙글빙글 돌았다. 셈은 그 두 형체의 움직임에 시선을 고정했다. 그중에 한 형체가 셈 앞으로 내려오더니 손가락으로 셈의 머리를 톡 건드렸다. 셈은 그 순간 방이 점점 시커멓게 변해 가고 있다는 것을 느꼈다. 그러더니 다시 방 위를 날았다. 그러자 또 다른 형체가 셈 앞으로 와서 손을 활짝 폈다. 그러고는 셈의 눈앞에서 손을 마구 흔들어 댔다. 셈은 머리가 어질거리며 정신이 혼잡해졌다.

셈이 간신히 정신을 가다듬고 나니 망치가 어두운 빛이 되어 스르르 사라지는 것을 보았다. 셈은 망치를 다시 품에 안아 보려고 눈을 감고 집중했지만 검은 형체가 아른거려 도저히 망치를 상상할 수가 없었다. 셈은 그 검은 형체를 내쫓으려고 했다. 아무런 소용이 없었다. 그 형체는 만질 수가 없었다. 셈이 발버둥을 쳐도 아랑곳하지 않았다. 셈이 꿈의 장면을 바꾸기 위해 정신을 모으던 찰나였다. 그때 셈을 향해 산들바람이 불었다.

바람 덕분에 셈의 정신도 한결 맑아졌다. 바람이 부는 곳으로 시선을 옮기자 그곳에는 한 남자가 서 있었다. 그 남자는 어딘가 낯이 익었다. 예전에 꿈에 한 번 나타난 적이 있던 그 남자다! 그 남자가 나타나자 검은 형체들은 점점 그 모양을 잃고 사라졌다. 방 역시 원래 모습을 되찾았다. 망치는 거치대 위에 올려져 있었다.

"한가하게 방해받고 있을 시간 없어. 넌 해야 할 일이 많으니까."

그 남자는 셈에게 한마디 하더니 자취를 감춰 버렸다. 셈은 거치대 위에 조용히 올려진 망치를 바라보았다. 그 남자가 다녀간 이후로 왠지 모르게 셈은 뭐든지 가능할 것 같은 느낌이 들었다. 셈은 조용히 눈을 감았다. 그리고 눈앞에 망치가 놓여 있다고 상상하기 시작했다. 셈은 손을 뻗어 그 망치를 손에 쥐었다. 손에 닿는 감촉이나 무게는 틀림없는 셋의 망치였다. 셈은 망치를 크게 한 번 휘둘러본 뒤 조용히 눈을 떴다. 망치는 손에 쥐어져 있었다. 거치대를 보니 망치는 사라져 있었다. 성공이다.

셈은 두 손으로 망치를 번쩍 들어 올리며 성취의 기쁨을 맛봤다. 셈은 다시 한번 시도해 보았다. 눈을 감고 망치를 두는 거치대를 상상했다. 그리고 그 위에 조심스럽게 망치를 올려 두었다. 손에는 이제 망치의 무게가 더 이상 느껴지지 않는다. 셈이 눈을 뜨니 망치는 거치대 위에 누워 있었다. 셈은 만족스럽게 웃음을 지으며 벽에 다가갔다. 잎사귀 하나를 떼어 낸 뒤 휘파람을 길게 한 번 불었다.

제사

셈이 눈을 떴지만, 눈을 뜨기 전과 완전히 똑같은 곳에 있었다. 잠에서 깨어난 것이 잠깐 눈을 깜빡인 것과 다름없이 느껴졌다. 이제까지 셈을 왜 같은 곳에 가둬 두었는지 조금은 알 것 같았다. '모든 것이 가능한 방'에는 특별한 기운이 있다. 하지만 그것 외에도 계속 같은 곳에서 같은 꿈을 꾸다 보니 꿈과 현실의 경계가 모호해지고 있다는 것을 느꼈다. 꿈에서 가능한 일은 현실에서도 가능할 것 같은 기분이 들기 시작했다.

셈은 손에 있던 망치를 거치대에 다시 올려놓았다. 이후에 눈을 감고 검은 화면에 방의 모습과 그 방 벽 쪽에 놓여 있는 망치를 그려 냈다. 머릿속에 그린 망치로 손을 뻗어 망치를 집어 올렸다. 눈을 뜨자 망치는 셈의 손에 놓여 있었다. 셈은 이제 무두셀라를 불러야겠다고 생각했다. 그래서 벽을 향해 다가가다가 멈췄다.

'넌 잠을 통제하는 법을 익혀야 해.'

무두셀라가 내줬던 또 다른 과제가 생각났기 때문이다. 셈은 전혀 어려울 것 같지 않았다. 셈은 벽에 있는 잎사귀를 떼는 대신에 가만히 눈을 감아 보이지 않는 곳에 있는 잎사귀를 하나 떼어 냈다. 그리고 휘파람을 길게 두 번 부르자 수면벌레가 날아오르기 시작했고, 셈의 눈앞에는 다시 '모든 것이 가능한 방'의 모습이 펼쳐졌다. 다시 눈을 감고 무두셀라의 영혼을 느껴 보기 시작했다.

'부드러움, 따뜻함, 자비로움.'

말로는 풀어낼 수 없는 여러 가지 감각들이 한데 어우러지기 시작했다. 그리고 그 감각의 집합체가 가까이 오고 있다는 것을 느꼈다.

'무두셀라가 내가 부르는 것을 들었어.'

셈이 가만히 눈을 뜨자 무두셀라가 서 있었다.

"그래, 셈. 내가 내준 과제는 모두 완수했니?"

셈은 웃으면서 고개를 끄덕였다.

"그럼 곧 노아가 그쪽으로 갈 테니 일어나 있으려무나."

셈이 눈을 뜨자 얼마 지나지 않아 문이 열리고 노아가 들어왔다. 노아는 손을 비비며 말했다.

"좋아. 그럼 어디 네 솜씨 좀 볼까? 한 번 망치를 소환해 봐."

셈이 조용히 눈을 감자 셈의 눈앞에 빛이 생겨나기 시작했다. 셈은 그 빛 안으로 두 손을 집어넣어 셋의 망치를 끄집어냈다. 셈이 망치를 들고 서 있자 노아는 기뻐했다.

"셈. 잘했다. 정말 훌륭해."

노아의 눈에는 눈물이 약간 고였다.

"셈. 이제는 나랑 훈련을 하게 될 거야. 그런데 그 전에 우린 가능님께 제사를 드려야 해. 제사를 거행하는 날이거든."

노아가 말했다.

"일단 제사 드리는 곳으로 같이 이동하자."

노아는 셈을 데리고 밖으로 나왔다. 셈은 그제야 배고픔과 목마름이 몰려오는 것을 느꼈다. 배는 등에 붙어 버린 것 같았고 입속에는 침이 한 방울도 남아 있지 않았다. 집 밖을 나오자 셈이 상상했던 것 이상으로 넓은 평야가 펼쳐져 있었다.

셈은 노아를 따라 집의 뒤편으로 돌아갔다. 노아는 셈을 높은 산으로 이끌었다. 셈은 손과 발이 후들거렸지만, 이를 악다물고 노아의 뒤를 따라갔다.

"셈. 그리고 보니 넌 벌써 10일이 넘게 아무것도 먹지 않은 것 같네. 앞으로 더 버틸 수 있겠니?"

셈은 꽉 막히는 목을 간신히 움직였다.

"너무 오랫동안 안 먹다 보니깐 감각이 둔해졌나 봐. 생각보다 괜찮은 것 같아."

"그래. 일단 가능님의 제사가 끝나기 전까지 먹는 것은 하지 않기로 하자. 조금만 더 버텨 봐. 제사는 가장 성스러운 모습으로 드려야 하니까 우리들도 제사 때는 먹지도 마시지도 않거든."

노아는 주위에 있는 크고 단단한 나뭇가지를 하나 주워 셈에게 건네주었다. 셈은 두 손으로 그 나뭇가지를 잡고 땅을 짚으며 위로 올라갔다. 산정상에 가까워질수록 나무도 없어지고 넓은 평야가 드러났다. 계단도 있는 것으로 보아 가족들이 이곳을 개간하기 위해 공을 많이 들였다는 것을 느낄 수 있었다. 산의 정상 부근에 다가가자 그곳은 산이라기보다 마을에 더 가까웠다. 집도 있었고, 목장과 농장도 있었다. 거대한 동물들도 눈에 띄었다.

"셈. 여기서부터는 신발을 벗어라. 이곳은 신성한 땅이야."

노아는 산 정상으로 들어가는 입구에서 신발을 벗었다. 산에 있는 커다란 나무들이 울타리처럼 빙 둘러 있었다. 셈 역시 신발을 벗고 울타리 안으로 들어갔다. 산의 정상에는 거대한 제단이 높게 쌓여 있었다. 그리고 제단 뒤에 거대한 집을 짓고 있는 것처럼 보였다. 아직 집의 형태도 제대로 드러나지 않았지만, 얼핏 봐도 상상을 초월할 정도의 큰 집을 지으려는 듯했다.

"여기서부터 불필요한 말을 하면 안 된다. 가능하다면 아예 말을 하지 않는 것이 좋아. 어떤 불결한 행위라도 이곳에서는 용납되지 않아. 불결한 행위를 했다간 저주를 받거나 죽을 수도 있어."

그 이후로 노아와 셈은 아무런 말도 하지 않았다. 셈 역시 산 정상에 오른 이후 알 수 없는 분위기에 압도되었다. 편안함과 따뜻함이 셈을 감싸고 있었다. 하지만 동시에 셈은 언제든지 자신을 가루로 만들어 버릴 것 같은 강력한 힘을 느끼며 긴장했다.

노아와 셈이 제단 앞에 이르자 그곳에는 이미 무두셀라와 라멕, 비타가 기다리고 있었다. 그들은 말을 하지 않고 가만히 고개를 까딱거리며 인사를 했다. 무두셀라와 라멕은 셈을 보며 크게 미소를 지어 보였지만 비타의 표정에는 걱정이 가득 차 있었다.

무두셀라는 어린 양을 한 마리 데리고 와서 제단 위에 올렸다. 제단에는 나무들이 가지런히 올려져 있었다.

"미안하다. 오늘 우리를 위해서 네가 희생해 주어야 할 것 같구나."

무두셀라는 어린 양을 손으로 쓰다듬으며 말했다.

"주인님. 제가 뭘 잘못했나요? 왜 저를 버리시는 건가요?"

"피를 흘리지 않고는 죄를 용서받지 못한다. 우리 모두가 살아남기 위해서 너의 희생이 불가피하게 되었다. 편안하게 가능님 곁으로 돌아가 거라. 절대 너의 희생이 헛되지 않도록 살아가마. 우리가 망가뜨린 세상을 다시 바로잡기 위해서 나 역시 죽을 각오로 살아가마. 부디 나를 용서해 다오."

무두셀라는 창을 꺼내 들더니 양의 심장을 창으로 그대로 뚫어 버렸다. 양은 피를 쏟으며 그 자리에서 쓰러졌다. 양이 피를 다 쏟고 죽자, 무두셀라는 창을 뽑아 들고 제단 아래로 다시 내려왔다. 그리고 제단 아래서 제단 위를 올려다보며 외치기 시작했다.

"전능하고 유일한 가능님. 어린 양의 피로 용서를 구합니다. 저희의 모든 죄를 사하여 주옵소서. 비록 저희가 당신을 떠났지만, 다시 돌아와 용서를 구하오니 자비를 베풀어 주소서. 당신은 만물을 창조한 만물의 아버지입니다. 노여움을 푸시고 다시 저희의 아버지가 되어 주소서. 저희는 다시 당신과 함께하고 싶습니다. 아담이 죄를 짓기 전에 그랬던 것처럼 당신의 지혜를 듣고 싶습니다. 당신이 명령하셨던 것처럼 세상을 아름답게 가꾸고 싶습니다. 부디 저희의 간절한 기도에 응답해 주소서."

양의 피가 제단에 뿌려지고 무두셀라가 제단을 향해 부르짖기 시작하자 셈은 땅이 흔들리는 듯한 강력한 힘이 다가오는 것을 느꼈다. 그러더니 하늘에서 갑자기 불이 떨어져 제단 위에 있는 양을 태워 버렸다. 불꽃은 제단 위에서 타오르고 있었고, 제단 주위에는 한 번도 맡아 보지 못했던 향기가 퍼져 나가기 시작했다.

셈의 몸에 바람이 스쳤다. 그때 셈은 향기에서 깨어나 번쩍 정신이 들었다. 셈의 오른쪽에 누군가 서 있었다. 셈은 그를 어디서 만났는지 기억이 나질 않았다. 그는 셈과 오랜 시간 함께해 왔다. 그것은 셈도 느낄 수 있었다.

'누구였지?'

키가 큰 젊은 남자였다. 아주 매력적으로 생겼고, 몸이 붉으락푸르락하지는 않았지만, 매우 강해 보였다. 그 남자는 제단에 있는 불을 보고 있었다. 그 남자가 셈을 향해 고개를 돌렸다. 그 남자와 셈은 한동안 말없이 눈을 마주쳤다.

"가능님이 하시는 말씀을 잘 들어야 해."

그때 셈은 그 남자가 누구인지 알아차렸다. 꿈에 나타난 남자였다.

'꿈인가.'

셈은 그 남자를 보고 나서 이 모든 것이 꿈이 아닌지 의심이 들었다. 그때 불꽃에서 목소리가 들렸다.

'**셈.**'

셈을 부르는 소리였다. 셈은 깜짝 놀라 불꽃을 바라보았다.

'**셈.**'

불꽃에서 다시 한 번 셈을 부르는 소리가 들렸다.

"주여……. 저…… 절 부르셨나요?"

셈은 단 한 번도 느껴 보지 못한 강한 힘에 어찌할 바를 몰랐다. 불꽃에서 계속해서 소리가 들렸다.

'**내가 사랑하는 셈아. 의인은 믿음으로 살아간단다. 바랄 수 없는 상황**

에서도 바라고 보이지 않는 상황에서도 보거라. 내가 너와 항상 함께하겠다.'

가능님이다. 셈은 본능적으로 느낄 수 있었다. 방금 가능님이 셈에게 말을 걸어온 것이다. 그 말이 끝나자 제단에서 불꽃이 꺼져 버렸다. 제단 위에 어린 양과 나무는 흔적도 없이 깨끗이 사라졌다. 셈은 한동안 온몸을 부들부들 떨면서 아무것도 하지 못했다.

"뭘 그리 주저하고 있어? 가능님의 말을 들었으면서."

셈 옆에 있던 남자가 셈에게 말했다.

"넌 누구니?"

그 남자는 아무 말 하지 않고 셈을 쳐다만 보았다.

"난 가능님의 메시지를 전하는 전달자야."

가능님의 전달자와 이야기를 나누고 있을 때 셈은 무두셀라가 전달자가 있는 곳을 보고 있다는 것을 깨달았다. 그런데 무두셀라 외에 다른 사람들은 전달자가 있다는 것을 눈치채지 못했다.

"의인은 죄로부터 숨지 않아. 용감하게 의로운 행동을 한 사람만이 의로운 자라고 불리게 될 거야. 이제 모든 선택은 너에게 달렸어."

이 말을 마치고 전달자는 어디론가 사라져 버렸다.

의인

제사를 마친 사람들은 아무 말 없이 산에 있는 집으로 움직였다. 제사의 여운이 그들에게 오랫동안 남아 있었기 때문이다. 그들은 산에 있는 집에 들어왔다. 그곳에는 여러 가지 만찬이 준비되어 있었다.

"다들 수고 많았어. 나도 제단에 불꽃을 봐 버렸지 뭐야. 그래서 미리 음식을 준비해 놨어."

빌렌이 사람들을 마중 나왔다.

"어머? 이게 누구야? 내 사랑스런 손주 아니야?"

빌렌은 셈에게 다가와서 셈을 꼭 끌어안았다.

"셈. 너 밥 좀 제대로 챙겨 먹어야겠다. 아주 뼈밖에 안 남았어."

빌렌은 셈의 몸을 한 번 훑어보았다.

"근데 셈은 여기 무슨 일이야? 혹시 셈도 제사에 참여한 거야?"

빌렌은 라멕을 보며 물었다.

"응, 그렇게 됐어."

라멕은 멋쩍게 웃으며 대답했다.

"뭐? 셈은 아직 어리잖아! 도대체 애한테 무슨 짓을 하려는 거야? 너희가 훈련시킨다고 셈을 굶긴 거구나?"

"빌렌. 어쩔 수가 없었어. 셈이 비밀을 알아 버렸다고."

라멕은 빌렌의 어깨를 두 손을 감싸며 빌렌을 진정시키려고 했다.

"아니 그래도 그렇지! 지금 셈이 도대체 뭘 할 수가 있겠어? 애는 아직 보호받아야 할 어린애라고!"

"빌렌."

무두셀라가 입을 열었다.

"너도 알겠지만 우리가 셈을 언제까지 보호해 줄 수는 없다. 그냥 그때가 우리가 생각했던 것보다 더 일찍 와 버린 것뿐이야."

빌렌은 씩씩거리며 무두셀라를 바라보았다.

"이미 엎질러진 물이야. 셈은 우리들의 손에서 이제 벗어났다. 우리가 할 수 있는 일은 셈이 자신을 보호할 수 있을 만큼 강해지도록 돕는 것뿐이야."

빌렌은 분해 보였지만 아무런 말도 하지 못했다.

"너희들 먼저 식사를 하고 있거라. 난 잠깐 셈이랑 단둘이 이야기하고 싶구나."

무두셀라는 셈을 데리고 집을 나왔다. 무두셀라와 셈은 선선한 바람을 맞으며 풀밭을 걸었다.

"셈. 혹시 가능님의 목소리를 들었니?"

무두셀라가 침묵을 깼다.

"응. 불꽃 속에서 나오는 목소리를 들었어."

"역시 그랬구나. 네가 이곳까지 오게 된 것은 우연이 아니었어. 가능님이 부르신 거야."

무두셀라와 셈은 절벽이 있는 곳까지 걸어갔다. 그리고 먼 곳을 바라보며 앉았다.

"그래서 셈, 가능님의 소리를 듣고 나서 변한 게 있니? 네가 어떤 말을 들었는지 말할 필요는 없다. 그저 너의 결심이 바뀐 게 있다면 말해 줬으면 좋겠어."

무두셀라는 말을 하지 않아도 다 알고 있는 듯했다. 셈의 미묘한 변화를 정확하게 알아챈 것 같았다.

"나 떠날 거야."

"노아한테 훈련도 받지 않고 떠날 거니?"

"응."

"셈. 하지만 난 너무 걱정된다. 넌 아직 기초적인 전투 기술도 배우지 못했어. 이제 막 첫 발걸음을 뗀 수준이야. 아직 싸울 준비도 다 되지 않았는데 꼭 가야겠니?"

"무두셀라. 당신도 이미 알고 있을 거라 생각해. 내가 세상의 모든 훈련을 다 숙달한다고 해도 신을 절대 이길 수는 없을 거야."

무두셀라는 아무런 말도 하지 않았다.

"내가 아빠한테 모든 훈련을 다 받는다고 해도 세상은 결코 안전해지지 않아. 그래도 난 더 이상 숨어 있지 않을 거야. 신들이 세상을 망치고 있다면 신들을 쓰러뜨리러 가야 해. 가능님의 말씀을 들은 마당에 더 지체

할 이유는 없어. 의로운 사람은 희망이 보이지 않는 상황에서도 희망을 품는 법이니까."

무두셀라는 한숨을 크게 내쉬었다.

"좋아, 셈. 내가 할 수 있는 건 여기까지인 것 같구나. 네 앞길을 축복하마. 부디 가능님께서 내 사랑하는 증손자 셈의 발걸음을 지켜 주시기를. 셈이 바라는 모든 것들을 이뤄 주시기를."

무두셀라는 셈의 머리에 손을 얹더니 축복을 빌어 주었다.

"셈. 그럼 너에게 마지막으로 한 가지 가르쳐 주고 싶은 게 있구나. 같이 제단으로 가자."

무두셀라와 셈은 다시 제단이 있는 곳으로 올라갔다. 그리고 신발을 벗고 재단이 있는 곳으로 들어갔다.

"셈. 넌 이 땅에서 가장 큰 생물이 뭔지 아니?"

"음…… 글쎄…… 베헤못?"

무두셀라는 껄껄 웃었다.

"베헤못도 이 녀석에 비하면 작은 축에 속하지. 이 땅에서 가장 큰 생물은 바로 우리가 살고 있는 지구야."

셈은 생각지도 않은 대답에 놀랐다.

"지구가 생물이라고?"

"그래. 지구도 인간을 섬기기 위해서 만들어진 생물이란다. 하지만 아담이 죄를 지은 이후부터 지구도 인간을 닮아 버렸는지 인간의 말을 듣지 않기 시작했어."

무두셀라는 쭈그려 앉아 땅에 손을 갖다 댔다.

"지구와 대화를 하기는 쉽지 않을 거야. 인간과 대화를 하지 않으려고 하거든."

무두셀라는 셈에게 말했다.

"하지만 지구 역시 가능님이 만든 창조물이야."

셈도 무두셀라 옆에 쭈그려 앉아 손을 땅에 대어 보았다.

"셈. 한번 지구와 이야기를 해 보거라."

"지구야!"

셈은 조용히 귀를 기울였지만 아무런 소리가 들리지 않았다.

"지구의 언어를 이해해야 한다. 네가 다른 동물들의 언어를 이해하는 것처럼 말이야."

셈은 바람 소리, 풀 소리, 땅이 호흡하는 소리에 귀를 기울였다. 셈은 지구가 생물이라는 말이 쉽게 받아들여지지 않았다. 하지만 마음을 열고 느껴 보니 지구의 심장이 뛰고 있었다.

"아무런 말도 하지 않아."

셈이 말했다.

"그렇구나. 그래도 이곳은 신성한 땅이라서 다른 곳보다 훨씬 더 쉽게 대화를 할 수 있을 거야. 다시 한번 말을 걸어 보렴."

셈은 이제 완전히 바닥에 엎드렸다. 마치 지구를 껴안은 것처럼. 셈은 지구의 피부와 지구 안에 흐르는 혈액을 온몸으로 받아들였다. 지구는 아파하고 있었다. 고통 속에 울부짖고 있었다. 지구의 심장에서 여러 가지 생명체들의 소리가 들렸다.

"지구야. 대답해. 난 셈이야."

'그래. 알고 있어. 아담의 후손.'

"너 지금 많이 아프구나. 왜 그렇게 아픈 거니?"

'왜냐고? 그걸 몰라서 물어? 이게 다 너희들 때문이라고! 너희한테 난 볼일 없어. 아담은 날 버렸어. 신성하게 맺어진 계약을 전부 깨 버렸다고. 이제 난 너희와 아무런 상관도 없어.'

"아담이 널 버리진 않았을 거야. 만난 적은 없지만 널 함부로 내팽개칠 사람은 아니라고 알고 있어."

지구는 아무런 말을 하지 않았다.

"그래. 이제 조금은 지구랑 대화할 수 있게 되었구나."

무두셀라가 말했다.

"응. 그런데 대화하기 정말 힘든 녀석인 것 같아. 잔뜩 화가 나 있어."

"그럴 만도 하지. 아담의 죄 때문에 지구 역시 병이 들어 버렸으니까."

무두셀라는 다시 자리에서 일어났다.

"그래도 지구의 도움이 필요할 때가 있을 거란다. 그때 요청을 해 보렴. 의로운 부탁이면 지구도 마냥 거절하지는 못할 게다."

셈도 자리를 털고 일어났다.

"지구의 병을 고칠 수 있는 방법은 없는 거야?"

"이 땅에 있는 죄를 모두 없앨 수만 있다면 지구의 병도 고칠 수가 있겠지. 그런데 지금으로서는 방법이 없구나."

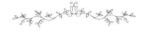

비타

무두셸라와 셈은 다시 가족들이 있는 집으로 돌아왔다. 무두셸라는 사람들에게 셈을 밖으로 보내야 한다고 이야기했다. 제사를 마치고 기뻐하던 분위기는 순식간에 가라앉았다. 비타는 안 된다며 소리를 질러 댔고 노아가 간신히 비타를 달랬다. 빌렌 역시 말도 안 되는 소리라며 너무 성급하게 결정을 내려선 안 된다고 이야기했다.

하지만 셈의 의지는 확고했다. 불 속에서 이야기하던 가능님의 목소리를 들었으므로 이제 더 이상 지체할 이유는 없었다. 가능님의 소리를 들었다고 이야기하자 라멕과 노아는 인정하는 분위기였다. 셈의 말을 수긍하지 못한 비타는 셈을 방으로 따로 불러내어 대화를 시도했다.

"셈. 다시 생각해. 넌 떠나면 안 돼. 난 너 절대로 못 보내."

비타는 결국 울음을 터뜨리고 말았다.

"엄마. 나도 언제까지 현실을 외면하면서 살아갈 수는 없어. 세상 밖에 문제가 있다면 난 세상 밖으로 나가야 해. 문제를 해결하려는 시도라도 하고 싶어. 가능님의 말씀도 들었는데 이제 더 망설일 이유는 없는 것 같아."

셈은 비타를 달래고 싶었다. 하지만 어떤 말도 비타를 안심시킬 수는 없을 것 같았다.

"넌 이제까지 우리가 너를 지나치게 보호한다고 생각했겠지. 그런데 셈. 넌 세상을 너무 몰라. 넌 신들이 어떤 존재인지 하나도 모른다고! 그리고 내가 금지된 영역으로 나가면 죽는다고 했지? 그리고 넌 지금 그게 거짓말일 거라고 생각하지? 그런데 바보야! 그게 거짓말은 아니야! 다 죽었어."

비타는 눈물을 흘리며 거의 울부짖고 있었다.

"다 죽었다고! 너처럼 가능님의 소리를 들었다고 뛰쳐나간 사람이 한 둘일 것 같아? 넌 라멕의 형제들이 어떻게 됐는지 모르지? 노아의 형제들은? 우리가 겁쟁이라서 이런 데 숨어 있다고 생각하지 마. 우리는 우리 나름대로 싸우고 있어. 그런데 너같이 무모한 방법은 절대 안 된다는 걸 잘 알고 있을 뿐이야. 지금까지 신들과 싸우겠다고 덤빈 사람 중에 살아남은 사람은 단 한 사람도 없으니까."

셈은 덜컥 겁이 나기 시작했다. 물론 셈 역시 세상이 만만할 것이라고는 생각한 적이 없었다. 그리고 지금 당장 신들을 이길 수 있을 것 같지는 않았다. 그런데 셈 마음 깊숙한 곳에서 신들을 막을 방법이 있을 거라고 생각했나 보다. 막상 비타의 이야기를 듣고 나니 두려움이 셈의 온몸으로 퍼져 나가기 시작했다.

"난 너까지 그렇게 허망하게 죽게 내버려 둘 순 없어. 나쁜 엄마라고 욕

해도 좋아. 세상이 어떻게 되든 관심 없는 나쁜 년이 돼도 난 괜찮아. 난 너희들만 있으면 돼, 셈. 이미 야벳은 떠나 버렸어. 야벳도 신들과 싸우려고 한다면 살아남을 수 없을 거야. 난 그것만으로 이미 미칠 지경이야. 셈, 제발 부탁이야. 너와 함만큼은 내 옆에 있어 줘. 마지막 순간까지 우리끼리 행복하게 살자. 엄마가 네 행복을 위해서 더 노력해 볼게."

비타는 눈물로 범벅이 된 채 절규하고 있었다. 셈 역시 차마 그 얼굴을 보지 못하고 고개를 숙였다. 그때 방 안으로 누군가 들어왔다.

"이야기 엿들어서 미안해. 그런데 셈. 나도 같은 엄마로서 비타 말에 동의해."

방 안으로 들어온 사람은 빌렌이었다.

"넌 자식 잃는 고통이 얼마나 큰지 잘 모를 거야. 솔직히 나도 비타가 나와 같은 고통을 겪지 않았으면 해. 나 역시 더 이상 사랑하는 사람들을 잃을 수 없어."

빌렌은 비타 옆으로 와서 비타를 감싸 안더니 셈을 보며 말을 이었다.

"나보다 더 신들을 때려죽이고 싶은 사람은 없을 거야. 그런데 셈. 지금은 방법이 없어. 물론 앞으로도 계속 없을 거라는 말이 아니야. 우리는 최선을 다해서 방법을 찾아보고 있어. 일단 여기서 우리랑 같이 있는 게 어떻겠니? 나중에 방법을 찾으면…… 신들을 무찌를 수 있는 방법을 찾으면 우리 같이 싸워 보는 거야."

빌렌도 울고 있었다. 하지만 비타와 빌렌의 말을 들을수록 셈의 의지는 더욱더 확고해져 갔다.

"엄마, 할머니. 난 이제 확실히 결정했어. 엄마랑 할머니가 내 결정에 도움을 준 것 같아. 엄마랑 할머니도 이미 다 알고 있잖아. 앞으로 우리가 더 좋아질 수는 없다는 걸. 나도 다 들었어. 인간은 가면 갈수록 더 약해지고 있다면서. 시간이 지날수록 오히려 희망은 더 사라지기만 할 거야. 엄마랑 할머니는 그냥 인간이 멸망하기 전까지 여기 숨어서 모든 걸 잊고 행복하게 지내보려고 하는 거 아냐?

그런데 난 모든 게 다 끝장나 버릴 걸 알면서도 행복할 수는 없을 거 같아. 결혼하고 아이를 낳아도 오히려 더 행복해지기보다 괴로움이 더 커져 버릴 것만 같아. 그리고 나는 내 아이에게 희망이 없으니 현실을 받아들이라는 말 따위는 하고 싶지 않아. 솔직히 나도 더 나은 미래를 만들 수 있을지 자신은 없어. 그렇지만 한 번 꿈꿔 볼래. 모두가 걱정 없이 넓은 세상을 뛰어놀 수 있는 미래를 말이야. 가능님도 그런 세상을 원하실 거야. 가능님은 인간을 사랑하신다면서."

세 사람은 부둥켜안고 울었다. 각자 여러 가지 감정이 뒤섞인 눈물이었다. 세 사람은 지칠 때까지 울었다. 한참 동안 대성통곡을 하고 나니 조금은 진정이 된 분위기였다. 가장 먼저 입을 연 사람은 빌렌이었다.

"비타야. 나도 괴롭지만 셈의 결정을 존중해 줘야 할 것 같아. 우리가 더 이상 막아 봤자 오히려 셈은 우리 손에서 더 벗어나려고만 할 거야. 축복을 빌어 주자. 그리고 언제든지 다시 우리 품에 돌아와도 좋다는 것을 알려 주자. 그게 우리가 해야 할 일이야."

"가능님이시여! 왜 저에게 목숨보다 소중한 아들을 주시고 그 아들을 가져가려 하시나이까? 부디 저를 사랑하신다면 제 아들을 다시 제 품에 품을 수 있도록 도와주소서. 제 아들을 사랑하신다면 신들로부터 제 아이를 지켜 주소서. 그리고 이 세상을 아직도 사랑하신다면 제 아들의 꿈이 이뤄질 수 있도록 도와주소서."

비타는 눈물을 훌쩍이며 셈을 꽉 껴안고 기도를 올렸다. 빌렌은 그런 비타와 셈을 껴안았다.

"가능님. 이제 더 이상 제 아이들을 데려가신 것에 대해서 원망하지 않겠습니다. 부디 셈의 목숨을 지켜 주시기를. 비타는 저와 같이 자식 잃는 슬픔을 겪지 않게 해 주시길! 비타의 자녀들의 생명을 거두어 가셔야 한다면, 그들의 생명 대신 저의 생명을 거두어 가 주세요. 비타와 제 손자들만큼은 이 땅에서 사랑과 편안함을 느낄 수 있도록 도와주세요."

낯선 땅을 향해

셈이 떠나기 전에 모든 사람이 셈을 축복해 주었다. 한 번씩 그를 껴안고 입을 맞춘 뒤 선물을 하나씩 안겨 주었다. 빌렌은 어깨에 멜 수 있는 주머니를 선물로 주었고, 라멕은 새로운 신발을 선물로 주었다. 비타는 새 옷을 한 벌 입혀 주었고, 노아는 팔찌를 주었다. 무두셀라는 작은 칼을 선물로 주었다.

노아는 셈을 '모든 것이 가능한 방'으로 데려갔다. 그리고 셈의 망치가 있는 벽의 넝쿨을 치워 내자 문의 손잡이가 보였다. 그 손잡이를 세게 당긴 다음 벽을 밀었다. 벽 뒤에는 또 다른 방이 나왔다. 그곳은 꽃과 풀을 키우는 온실 같아 보였다. 그곳에서 노아는 피살이꽃, 살살이꽃, 뼈살이꽃 같은 다양한 꽃을 꺾어 주었다.

비타를 제외한 나머지 가족은 모두 포털 입구까지 셈을 배웅해 주었다.

"비타는 차마 네가 떠나는 모습을 보지 못하는 것 같아."

노아는 코를 훌쩍이며 말했다.

"셈. 그리고 혹시 신을 만나더라도 절대로 정면 대결을 해서는 안 된다. 그들을 쓰러뜨릴 수 있는 방법을 찾을 때까지 싸워서는 안 돼. 알겠니?"

셈은 아무런 대답을 하지 않았다. 이어서 라멕이 말했다.

"이곳이 세상에서 가장 안전한 곳이란다. 네 집이기도 하고. 네가 원하면 언제든지 이곳으로 돌아와도 좋아. 알겠지?"

"알겠어."

"셈. 꼭 같은 시간에 잠을 자도록 노력해라. 그래야 우리가 연락을 더 원활하게 할 수 있을 테니까. 그리고 무슨 일 생기면 꼭 우릴 부르거라."

이번엔 무두셀라가 신신당부를 했다. 셈은 알았다고 대답을 한 뒤에 포털로 들어갔다. 셈은 포털을 통해 노아의 집으로 돌아왔다. 집은 이전과 달라진 것이 없었다. 하지만 셈은 이전과 너무나 많은 것이 변해 버렸다. 셈은 함이 생각났다.

'이제 내가 떠나면 쓸쓸하게 혼자 남겨지겠지.'

셈은 마음이 미어져 왔다. 어찌 보면 앞으로 가장 힘든 세월을 견뎌야 하는 것은 함일지도 모른다. 함은 두 명의 형을 다 잃어버렸다고 믿을 것이다. 셈은 곧장 떠나지 못하고 함의 집에 들렀다. 한밤중이라 함은 잠을 자고 있을 터였다. 셈은 함의 집에 몰래 들어가서 함의 침실에 들어갔다.

함은 세상모르게 꿈나라에 빠져 있었다. 셈은 함의 뺨을 몇 번 어루만졌다.

'함한테 작별 인사라도 하고 싶은데.'

셈은 무언가 생각났는지 함 옆에 누웠다. 그리고 잠에 빠져들기 시작했다. 셈은 꿈속에서 함을 불렀다. 함이 셈을 자신의 꿈속으로 받아 주지 않을까 봐 걱정했지만 함의 영혼은 기꺼이 셈을 꿈속으로 불러들였다. 함은 거대한 나무 위에 있었다. 나뭇가지들로 얽혀 있는 곳에 오두막을 지어 놓고 그 안에서 쉬고 있었다.

"형! 오랜만이야! 요즘 뭐 하고 있어?"

함은 셈에게 달려와 안겼다. 셈은 자기도 모르게 눈물이 핑 돌았다.

"어른들 일 좀 돕느라 정신이 없어."

"나도 들었어. 증조할아버지가 알려 줬거든. 형도 이제 제사를 드려야 한다며?"

"맞아. 가능님께 제사를 드렸지."

"와! 어땠어? 무두셀라 말로는 나도 형 나이가 되면 같이 제사에 참여할 수 있다던데!"

"그렇게 재밌지는 않아. 이것저것 준비하느라 힘들었어."

"아, 그건 그렇고 형 이리 와서 봐 봐."

함은 오두막 밖으로 셈을 이끌었다. 함이 휘파람을 '휘익' 하고 불자 목이 기다랗고 커다란 몸집의 새 세 마리가 날아왔다.

"이번에 내가 만난 애들이야. 이 녀석들이 날 섬기기로 했거든."

함이 새들의 목에 줄을 채우고 자기의 허리와 셈의 허리에도 줄을 채웠다.

"형, 봐 봐. 이거 진짜 재밌다. 야, 얘들아. 이제 나무 밑으로 내려가자."

함이 말을 마치자 새들을 펄럭펄럭 날기 시작하더니 셈과 함을 나무 밑까지 내려다 주었다. 함은 주머니에서 나무 열매 세 개를 꺼내 그 새들에게 하나씩 주었다.

"재밌지? 나 이제 나무도 날아서 올라갈 수 있게 됐어."

함의 얼굴에는 기쁨이 묻어나 있었다.

"형도 빨리 같이 놀자. 형이 원하면 이 녀석들 내가 빌려줄게!"

셈은 싱긋 웃어 보였다.

"함. 그런데 난 이제 곧 떠나야 할 것 같아."

"응? 떠난다고? 어디 가려고? 나도 같이 갈래!"

셈은 함에게 어떻게 말을 해야 할지 한참을 고민했다. 어른들처럼 거짓말을 치고 싶지 않았다. 그렇다고 함에게 감춰 온 비밀을 말할 수도 없는 노릇이었다. 셈은 계속 우물쭈물했다.

"난 이제 수련을 하기로 했어. 이제 오랫동안 아무도 찾을 수 없는 곳에 있을 거야."

"수련?"

"응. 이제 어른이 되는 거야. 아빠와 할아버지처럼 강해져야 하잖아. 그리고 증조할아버지처럼 지혜로워져야 해. 그래야 커서 너도 지켜 주고 가족들도 지켜 줄 수 있으니까."

"그럼 나도 할래! 수련! 나도 수련할 거야!"

"함. 조금만 더 기다려. 너도 이다음에 나처럼 나이를 많이 먹게 되면 수련을 하게 될 거야. 난 이제 가 봐야겠다. 그럼 내가 다시 올 때까지 건강하게 잘 있어 함! 내가 제일 사랑하는 하나밖에 없는 내 동생!"

셈은 자리에서 일어났다. 함은 자면서 우는 소리를 내고 있었다. 함이 깨기 전에 빨리 나가야 했다. 셈은 함의 얼굴을 한 번 더 쓱 쳐다본 뒤 조심스럽게 집을 빠져나왔다. 아직도 깊은 밤이었다.

셈은 울창한 나무 숲 사이로 조심스레 들어갔다. 부엉이가 우는 소리,

찌르레기가 노래하는 소리가 들려왔다. 풀 사이로 무엇인가 돌아다니는 소리도 들렸고, 반딧불이가 공중에 아름다운 그림을 그리는 것도 보았다. 그때 무언가 부산하게 셈을 향해 다가오고 있는 소리가 들렸다.

셈은 바짝 긴장하며 소리가 나오는 곳에 주의를 집중했다. 그때 시커먼 물체가 순식간에 뛰쳐나오더니 셈을 덮쳤다. 셈은 무기력하게 바닥에 쓰러졌다.

"뭐야, 이 야밤에 어디를 가는 거야?"

보이코였다. 셈은 놀란 것도 잠시 너무 반가운 마음에 누운 채로 보이코를 안고 입을 맞추었다.

"보이코. 난 이제 떠날 거야."

"뭐? 떠난다고? 어디로?"

"난 이제 이곳을 완전히 벗어날 거야. 금지된 영역으로 갈 거라고."

보이코는 의연하게 대답했다.

"어째서? 어째서 여길 벗어나려고 하는 거야?"

"말하자면 길어. 어쨌든 난 세상 밖으로 나가야 해. 아주 길고 긴 싸움을 하게 될 거야."

보이코는 자리에 앉으며 말했다.

"뭐? 싸움을 한다고? 그럼 나도 데려가. 너처럼 비실비실한 녀석을 혼자 보낼 수는 없지."

셈은 심각한 표정을 지으며 보이코에게 만만치 않은 일이라는 것을 알려 주려고 했다.

"보이코. 이번에는 진짜 장난 아니야. 금지된 영역을 넘어가면 어떻게 되는지 알고 있어?"

보이코는 고개를 갸우뚱거렸다.

"나도 실은 잘 몰라. 엄마가 밖으로 나가면 죽는 것은 시간문제라고 했던 것만 기억나."

"그래, 맞아. 만약 네가 이곳을 벗어나면 그때부터는 언제 죽어도 이상하지 않을 거야. 그래도 괜찮아?"

보이코는 아무런 생각이 없어 보였다.

"뭐 어때. 이래 죽으나 저래 죽으나 어차피 죽을 텐데. 난 그냥 너랑 있을 때가 재밌어. 난 너랑 갈래."

셈은 친구 한 명 정도 데려가는 건 나쁘지 않을 거라고 생각했다. 그리고 그게 보이코라면 꽤 재밌을 것 같았다.

"좋아. 알겠어. 그럼 후회 없기다?"

"후회는 무슨. 동물은 후회 같은 거 하지 않아. 후회는 사람들이나 하는 거지."

그렇게 셈과 보이코는 함께 금지된 영역으로 향했다.

스테고

며칠 밤낮을 걷고 뛰다 보니 셈과 보이코는 드디어 금지된 영역의 경계까지 이르게 되었다. 셈은 여행 도중에 음식을 충분히 먹었기 때문에 이미 몸에는 살과 근육이 상당히 붙어 있었다. 셈은 길을 가다 꿈이나 환상에서나 봤을 법한 거대한 동물들이 줄을 지어 이동하고 있는 것을 보고 충격을 받곤 했다. 그 동물들은 목이 매우 길고 나무만큼 커다랬다. 그리고 각자 기다란 꼬리로 나무를 어디론가 옮기고 있었다.

셈은 흥미가 동해 그들에게 소리쳤다.

"야! 너희들은 누구니?"

하지만 그들은 아는 척도 하지 않고 자기 할 일만 하고 있었다. 곤봉 같은 꼬리를 가진 거대한 동물이 나무를 향해 꼬리를 세차게 휘둘렀다. 그랬더니 폭탄이 터지는 듯한 소리가 나며 나무 한 그루가 쓰러졌다. 보다 못한 셈은 보이코와 같이 나무 위로 올라갔다. 그리고 다시 한번 크게 소리쳤다.

"야! 너희들은 도대체 누구니?"

셈은 보이코에게도 신호를 보냈고 보이코도 소리를 질러 댔다. 그러자 그중에 한 마리가 나뭇가지 위에 올라가 있는 셈을 바라보았다.

"너희들은 누구니?"

그 동물은 살짝 놀란 표정을 지으며 셈의 코앞까지 머리를 들이밀며 말했다.

"난 셈이야. 노아의 아들이지. 노아는 라멕의 아들이고, 라멕은 무두셀라의 아들이야."

"아!"

그 동물은 부드럽게 미소를 지었다.

"네가 바로 노아의 아들이구나. 실제로 보는 건 처음이네."

"넌 도대체 누구니? 이름이 뭐야?" 셈이 말했다.

"우린 브라키라는 동물이야. 내 이름은 스테고이고."

"그럼 너희들은 여기서 뭘 하는 거야?"

스테고는 수줍게 웃었다.

"미안. 그건 말해 줄 수 없어. 너희는 뭘 하는 거니?"

"우린 금지된 영역으로 나갈 거야."

스테고는 깜짝 놀란 표정을 지었다.

"뭐? 뭐라고? 그건 안 돼! 노아가 너희를 나가게 해선 안 된다고 신신당부했단 말이야. 예전에도 아들 한 명이 몰래 빠져나가서 얼마나 노발대발했는지 몰라."

"뭐? 그럼 너 야뱃 형도 본 거야?"

"아니. 네 형은 못 봤어. 아무도 몰래 빠져나갔거든. 어쨌든. 넌 절대로 못 나가."

스테고는 고개를 뒤로 쭉 빼더니 크게 소리를 지르기 시작했다. 스테고 의 소리에 온 천지가 울렸다. 셈과 보이코는 온몸으로 귀를 막았다. 얼마 지나지 않아 커다란 동물들이 쿵쿵거리는 소리를 내며 셈이 있는 곳으로 모여들었다.

"무슨 일이야? 스테고."

나이가 들어 보이는 수컷 브라키가 스테고에게 말을 걸었다.

"이 녀석들이 금지된 영역으로 가려고 해."

"아니야, 스테고. 아빠한테 허락 맡았어. 난 이곳을 빠져나가야 해."

셈은 어지러운 몸을 간신히 추스르며 말했다.

"이걸 봐. 우리 아빠한테 받은 팔찌야."

스테고는 머리를 셈의 팔 앞까지 가져왔다.

"음. 그렇네. 노아의 향기가 나. 틀림없이 노아 거야."

수컷 브라키도 셈의 팔 쪽으로 머리를 들이밀었다.

"그리고 이것들도 좀 봐."

셈은 브라키들에게 작별 선물로 받은 물건들을 보여 주었다.

"이거 전부 작별 선물로 받은 것들이야."

수컷 브라키는 노아가 꺾어 준 꽃 냄새를 맡더니 말을 이었다.

"이건 치료를 위한 꽃들이야. 노아가 밖을 나갈 때만 가지고 가는 것들 이지. 틀림없어. 이 꼬마는 금지된 영역으로 나가야 해."

브라키들은 서로 모여서 수군거렸다.

"좋아. 알았어. 그럼 금지된 영역으로 갈 수 있도록 도와줄게."

스테고가 말했다.

"정말이야?"

"응. 노아 혈족을 돕는 게 내 일이니까. 그럼 내 등에 올라타."

셈은 스테고의 머리 위에 올라갔다. 그런 다음 미끄럼틀을 타듯 스테고의 목으로 쭉 미끄러져 내려와 스테고의 등에 올라탔다.

"야호! 진짜 재밌다. 야, 보이코! 너도 얼른 올라와."

보이코 역시 스테고의 목으로 미끄러져 등으로 올라왔다. 스테고는 쿵쿵거리며 셈과 보이코를 태우고 이동했다.

가장 높은 곳

"자, 이제 다 왔어."

스테고는 멈춰 서서 말했다.

"내 머리 위로 와."

스테고는 머리에 올라갈 수 있도록 고개를 숙였다. 셈이 먼저 스테고의 머리에 올라섰다. 스테고는 머리를 들더니 울타리 너머로 머리를 넘겨 셈이 땅에 내려갈 수 있도록 머리를 바짝 숙였다.

"여기서부터가 금지된 영역이야."

셈은 가슴이 쿵쾅거렸다. 얼마 전까지는 절대 밟을 수 없다고 믿었던 땅이다. 이제 셈은 금지된 영역에 넘어간다고 곧장 죽는 것은 아니라는 것을 알고 있다. 하지만 아직 가슴으로 완전히 받아들여지지 않았다. 셈은 떨리는 마음을 뒤로하고 조심스럽게 한쪽 발을 땅에 갖다 댔다. 아무런 일도 일어나지 않았다. 그제야 셈은 두 발을 완전히 땅에 대고 나서 말했다.

"진짜로 와 버렸어."

셈은 지금 마주하고 있는 현실이 꿈만 같았다. 절대 오지 않을 것 같은 곳을 오게 되다니. 그리고 아무에게도 가지 못하게 했던 그곳을 직접 밟게 되다니. 인생은 참 아이러니다. 얼마 안 있어 보이코도 셈 옆으로 내려왔다.

"셈. 항상 조심해. 부디 건강한 모습으로 다시 볼 수 있길."

스테고가 말했다.

"응! 걱정하지 마. 꼭 다시 보자."

셈은 손을 세차게 흔들었다. 스테고는 활짝 웃어 보이더니 다시 돌아갔다.

"보이코, 이제 가자."

셈과 보이코는 한참을 뛰었다. 시간이 흐르자 지루해진 보이코가 말했다.

"셈. 뭐 재밌는 거 없냐? 좀 놀자."

"보이코! 우린 놀러 온 게 아니야. 그리고 여기서부터는 항상 조심해야 한다고! 무슨 일이 벌어질지 모른단 말이야!"

그때 하늘에서 하얀색 물체가 보이코의 머리 위에 떨어졌다.

"어이쿠, 이게 뭐야."

보이코가 소리쳤다.

"것 봐. 내가 뭐라고 했어. 항상 조심하라고 했잖아."

그때 그 물체는 셈의 머리 위에도 떨어졌다.

"악! 이게 뭐야."

셈이 소스라치며 말했다.

셈이 손으로 머리에 있는 물체를 만져 보았다. 묽은 액체였다. 냄새를 맡아 보니 역한 냄새가 올라왔다. 그때 위에서 누군가 자지러지게 웃기 시작했다.

"킥킥킥킥킥. 바보 놈들."

위를 올려다보니 하늘에서 독수리 한 마리가 셈의 머리 위를 날고 있었다. 셈은 독수리가 일부러 셈의 머리에 똥을 쌌다는 사실을 깨달았다.

"야, 이 노망난 독수리 새끼야. 넌 잡히면 죽을 줄 알아!"

보이코는 화가 머리끝까지 났는지 온갖 욕설을 퍼붓고 있었다. 셈도 화가 치밀어 오르기 시작했다. 독수리는 웃으며 셈과 보이코 머리 위를 몇 번 돌더니 다른 곳으로 날아가 버렸다.

"내가 저놈의 깃털을 다 뽑아서 몸뚱어리에 똥을 처바르기 전까지는 편히 눈을 감지 못하리라!"

보이코는 독수리가 날아간 방향으로 미친 듯이 뛰어갔다. 셈 역시 건방진 독수리에게 본때를 보여 줄 필요가 있다고 생각했다. 그래서 보이코와 함께 독수리를 쫓기 시작했다. 셈과 보이코가 독수리의 속도를 따라잡기에는 역부족이었다. 결국 셈과 보이코는 잠깐 숨을 고른 뒤 전략을 짰다.

"보이코. 이런 식으로는 저 녀석 못 잡아. 작전을 짜야 해."

"작전? 일단 저 녀석 근처에는 가야 작전이 의미가 있지."

"그래 네 말도 맞아. 그런데 저 녀석 근처에 지금 당장은 갈 수 없잖아. 넌 저 녀석 냄새 맡을 수 있지?"

"그럼. 당연하지."

"그럼 우린 장기전으로 가는 거야. 냄새를 맡을 수 있을 만큼만 거리를 계속 유지하면서 독수리 녀석이 방심하고 있는 틈을 노리자고. 나도 그 녀석 잡을 수 있도록 도구를 만들어 놓을게."

"좋아. 알겠어. 그럼 나도 그 녀석 몸뚱어리에 바를 똥을 모으고 있겠어."

셈은 독수리를 잡을 수 있는 올가미와 부메랑을 만들었다. 그리고 유사시에 사용할 수 있는 그물도 만들기 시작했다. 셈과 보이코는 어느 정도 몸을 추스른 다음 다시 독수리를 찾으려고 움직였다.

"그래도 다행이야. 녀석이 더 이상 멀리 가지는 않을 것 같아. 잘 움직이지도 않고 움직이더라도 그 주변을 계속 배회하는 느낌이야."

"좋아, 보이코. 명심해. 조심스럽게 접근해야 해. 그 녀석이 우리 존재를 알아차리면 잡을 수 없어. 살금살금 다가가서 방심하고 있을 때 냅다 잡는 거야. 알겠지?"

"알겠어."

그렇게 셈과 보이코는 잠도 자지 않고 밤낮으로 독수리의 뒤를 쫓았다. 독수리에게 점점 더 가까워질수록 셈과 보이코는 더 긴장하며 주위를 수색했다.

"찾았다. 녀석이 또 똥을 지렸어. 그쪽으로 얼른 가 보자."

셈은 보이코의 뒤를 열심히 따라갔다. 그런데 울창한 나무숲이 끝나고 넓은 평야가 나타났다. 셈은 평야를 보며 한숨을 크게 내쉬었다.

"이런, 좀 더 힘들어졌어. 이제 우린 나무 틈으로 숨을 수도 없고 독수리가 날아다닐 때 나무 위로 올라가서 잡을 수도 없게 됐어."

"뭐야? 그럼 인제 와서 포기하자는 거야?"

"아니. 그럴 순 없지. 일단 위장을 하고 가자. 위에서 올려다보면 눈치 채지 못할 거야. 최대한 가까이 접근해서 그 녀석이 낮게 내려올 때까지

기다려야지."

셈과 보이코는 주변의 나뭇가지와 풀을 온몸에 붙여서 위장했다. 셈은 보이코의 냄새가 이끄는 곳으로 향했다. 독수리는 크게 원을 그리면서 한 번 돌더니 천천히 낮게 하강하기 시작했다. 셈과 보이코는 서로 눈짓을 주고받았다.

"보이코, 여기서부터는 조심스럽게 기어가야 해. 그렇지 않으면 들켜 버릴 거야."

셈이 낮은 목소리로 말했다. 독수리가 저 멀리서 부드럽게 착륙하는 게 보였다. 셈은 주머니에서 올가미를 꺼내 들고 빠른 속도로 기어가기 시작했다. 독수리가 또 언제 날아갈지 모를 일이었기 때문이었다. 하지만 보이코의 속도는 계속 느려졌다.

"야. 보이코! 빨리 좀 기어 오란 말이야. 저 녀석 이러다 또 날아가 버린다고."

"계속 똥을 안 쌌더니 똥이 곧 나올 것 같아서 그래. 최대한 빨리 가 볼게."

보이코가 툴툴대며 이야기했다.

"야, 그럼 그냥 싸면서 와. 이러다 놓치면 말짱 도루묵이다."

"아, 안 돼! 이건 저 녀석한테 줄 선물이라고. 어떻게든 가 볼게."

숨을 죽이고 조심스럽지만 빠르게 다가갔다.

"됐어. 그 녀석 냄새가 가까이에서 나. 충분히 잡을 수 있겠어."

셈은 조심스럽게 고개를 들었다. 독수리는 세상모르고 부리로 털을 손질하고 있었다. 셈은 조심스럽게 몸을 일으켜서 쭈그려 앉아 올가미에 묶어 놓은 부메랑을 집어 들었다. 그리고 독수리를 정확히 겨냥해 던졌다. 부메랑이 독수리 주위를 한 바퀴 빙 돌았고, 부메랑에 매달려 있던 줄들이 독수리를 칭칭 감아 버렸다.

"해냈다!"

셈은 일어서서 기쁨에 소리쳤다.

"우아아아! 드디어 저 녀석 털을 다 뽑을 수 있다."

보이코도 눈에 불을 켜고 독수리를 향해 돌진했다. 그때 누군가 크게 소리쳤다.

"어떤 놈이야?"

철로 만든 채찍이 셈의 올가미를 잘라 버렸다. 한 중년의 남자가 독수리 근처로 다가왔다. 그 남자는 얼굴에 굵은 수염이 있었고 가슴이 파인 민소매 같은 옷을 입고 있었다. 가슴에도 굵은 털들이 마구 자라 있었다.

"뭔데 내 독수리를 잡는 거야?"

셈은 독수리한테 돌진하는 보이코를 팔로 막아 세웠다.

"아저씨 독수리였어? 미안해. 근데 저 녀석이 우리 머리에 똥을 싸고 도망가서 혼 좀 내주려고 했어."

셈은 최대한 공손하게 대답했다. 그러자 적대감이 가득 찬 눈을 하고 있던 그 남자의 눈빛이 부드럽게 풀어졌다.

"아, 그랬니? 미안해. 이놈이 또 사고를 치고 왔구먼 그래. 주변 정찰을 좀 하라고 보내는데 한 번씩 이렇게 다른 애들 머리에 똥을 싸고 다녀. 다음부터 그렇게 못하도록 주의를 좀 줄게."

"다음에 안 하는 건 안 하는 거고. 우린 이미 똥을 맞았다고. 그래서 어쩔 수 없어. 저 녀석 털을 다 뽑아서 몸에 똥을 발라 버려야 해."

셈은 분해서 씩씩대고 있는 보이코를 억지로 뜯어말렸다.

"보이코, 일단 좀 참아. 저 아저씨 잘못은 아니니까."

"그래. 미안한 것도 있는데 내가 오늘 너희들한테 식사라도 한 번 대접하지."

그 남자는 인자하게 웃으면서 독수리 묶은 줄을 풀었다. 보이코는 아직도 분이 풀리지 않았는지 독수리를 매섭게 노려보고 있었다.

"그런데 넌 누구니? 처음 보는 것 같은데."

"난 셈이야. 노아의 아들. 노아는 라멕의 아들이고, 라멕은 무두셀라 아들이야."

"그래? 노아의 아들이란 말이지? 노아도 아들이 있었다니. 전혀 몰랐네."

"에잇."

그때 보이코가 방금 싼 똥을 집어던졌다. 똥은 독수리를 향해 날아갔으나 독수리는 이를 눈치채고 이미 공중으로 날아가 버렸다. 덕분에 그 뒤에 있던 남자가 똥을 뒤집어쓰고 말았다.

"아악. 뭐야!"

셈은 그 모습을 보고 참지 못해 웃음을 터뜨리고 말았다. 하지만 웃음을 최대한 억누르면서 보이코를 꾸짖었다.

"야, 보이코! 그만하라고 했잖아!"

똥을 뒤집어쓴 남자도 어이가 없는지 웃어 버리고 말았다.

"좋아. 그럼 이걸로 서로 빚진 것은 없는 걸로 하지. 서로 기분 상한 게 있다면 같이 식사나 하면서 풀자고."

그 남자는 꽤나 유쾌한 성격이었다.

"술희! 너도 다음에 또 다른 사람 머리에 똥 싸면 3일 동안 새장에 가둬 놓을 줄 알아!"

독수리는 보이코를 보며 가소롭다는 듯 미소를 지어 보였다. 보이코 역시 화가 풀리지 않아 보였다. 독수리를 향해 눈알을 부라리고 있었기 때문이다.

"그럼 일단 좀 씻자. 우리 다 똥을 뒤집어썼으니까."

그 남자는 셈과 보이코를 어디론가 데려갔다. 셈은 그 남자한테 악취가 너무 심하게 나서 최대한 떨어져서 걸으려고 노력했다.

"노아의 아들이라……. 난 꽁꽁 감추기에 아들이 없거나, 있더라도 절대 집 밖으로 못 나가게 하는 줄 알았더니. 그런 건 또 아니었나 보네."

"아저씨, 그런데 우리 아빠 알아?"

"그럼. 알다마다. 여기 인근은 전부 같은 혈족끼리 모여서 살고 있어. 그러니깐 너랑 나도 먼 친척뻘인 셈이지. 내 이름은 준수야. 내 아버지 이름은 자레고, 내 할아버지가 에녹이지. 너희 증조할아버지가 에녹의 아들 무두셀라니까 너랑 나는 육촌쯤 되겠다."

준수는 셈과 보이코를 커다란 나무가 있는 숲으로 데려갔다. 그곳에는 나무와 나무 사이에 커다란 구덩이가 몇 개 있었다. 구덩이 안에는 맑은 물이 가득 차 있었다. 그리고 그 주위에는 다양한 동물들이 있었다. 그중에서 가장 눈에 띄었던 것은 덩치가 코끼리만 하고 나무늘보와 개미핥기가 섞인 듯한 동물이었다. 땅을 아주 잘 팠는데 나무 주위에 새로운 구덩이를 순식간에 파 내려갔다. 나무뿌리가 얽혀 있는 땅 밑에 물이 가득 고여 있었다.

"일단 몸부터 씻자."

각자 물이 가득 차 있는 야외 욕조에 들어가 몸을 씻었다. 작은 동물들이 가져다주는 식물의 껍질을 벗겨 내 줄기와 거기에 묻어 있는 진으로 몸을 닦아 내니 몸이 깨끗이 닦였다. 보이코도 몸을 씻고 나서 표정이 한결 나아졌다. 그런데 계속 나무 위에 있는 독수리를 힐끗힐끗 쳐다보는 걸 보면 아직 독수리에게 화가 풀린 것 같지는 않았다.

셈이 다 씻고 나오자 원숭이가 수건과 옷을 가져다주었다.

"셈. 일단 내 옷 입고 있으라고. 네 옷은 빨아 뒀으니까. 이것도 인연인데 오늘 밤은 우리 집에서 하루 묵고 가."

셈은 몸에 피로도 쌓이고 날도 곧 저물 것 같아 준수의 집에 잠깐 머무는 것에 동의했다. 준수의 집은 멀지 않은 곳에 있었다. 집은 생각보다 크지 않았다. 집 주변에는 동물들이 삼엄하게 경계를 서고 있었다. 준수가 집에 오자 기다렸다는 듯 동물들이 몰려와 주변에 벌어진 일들을 보고하기 시작했다. 동물들이 보고하는 일들이 대단한 것은 아니었다. 낯선 새가 주위에 몰려왔다든지, 열매가 많이 나기 시작한 곳을 일러 주곤 했다.

준수의 집은 아늑했다. 그리고 집 안에 짐이 많지 않았다. 그리고 수도꼭지도 하나밖에 없었다. 대게 거대한 나무줄기에 수도관을 연결해서 수도꼭지로 이용하기 마련인데 집이 작다 보니 수도꼭지를 하나만 설치해 놓은 것 같았다. 이런 점을 미루어 보아 셈은 준수가 혼자 살고 있다는 것을 쉽게 눈치챌 수 있었다.

준수는 동물들이 가져오는 열매와 채소, 야채를 가지고 요리를 하기 시작했다. 셈이 처음 보는 열매도 꽤 눈에 들어왔다. 준수는 식탁에 음식을 차례로 올려놓았다. 그러고는 호박 크기 정도 되는 둥근 과일을 반으로 잘라서 그 안에 여러 가지 재료를 넣고 끓이기 시작했다. 한쪽은 자신이 가져가고 나머지는 셈에게 건넸다.

"파타쟈야. 여기 별미지. 한 번 먹어 봐."

파타쟈를 한 숟갈 떠서 입에 넣어 보니 새로운 세상이 펼쳐지는 듯했다. 달콤하면서도 고소한 맛이 났고 파타쟈 특유의 향이 입 안 곳곳으로 퍼져 나갔다.

"그러고 보니 셈 넌 몇 살이니?"

"난 90살."

"역시 아직 애송이구먼."

"그럼 넌 몇 살이야?"

"난 453살이야."

준수는 셈이 자신의 마을 밖에서 처음으로 만난 사람이었다. 셈은 준수에게 궁금한 점이 많이 있었다. 원래 다른 사람들은 결혼을 하지 않는 건지, 평소에 뭘 하면서 사는 건지 아무것도 몰랐기 때문이다.

"넌 뭐 하면서 살아?"

"나한테 정해진 일은 없어. 여기저기를 돌아다니면서 살지. 한창 젊었을 때는 전사였어. 전장에서 적군과 뒹굴며 청춘을 보냈지. 그다음에는 전쟁이 있는 곳에 돌아다니며 전쟁 물자를 대 주는 역할을 맡았고."

준수는 파타쟈를 입에 욱여넣으며 대답했다.

"결혼은 했어?"

셈이 물었다.

"결혼은 당연히 한참 전에 했지. 너보다 나이가 훨씬 많은 자식들도 꽤 있어. 그런데 아내는 전쟁 중에 먼저 세상을 떠나 버렸어. 내 아이들도 몇 명은 죽고 또 나머지 아이들은 연락이 끊긴 상황이야."

준수는 가족들과 헤어지는 게 별 대수롭지 않은 일이라는 듯 이야기했다. 하지만 셈은 준수가 하는 모든 말이 새로웠고, 충격적이었다. 준수는 아무 생각 없이 입에 음식을 쑤셔 넣고 있었다. 그런 준수의 태도는 셈에게 더욱 충격적이었다.

"그럼 넌 왜 여기까지 나온 거야? 노아가 무슨 심부름이라도 시켰어? 그런 게 있다면 최대한 빨리 해치우고 돌아가. 여기서 더 멀리 가면 정말 위험해지니까."

"아니. 그런 건 아니고. 난 신들을 쓰러뜨리려고 나왔어. 그래서 난 신들이 있는 곳으로 가고 있어."

준수는 음식을 씹다가 갑자기 멈췄다. 그리고 충격을 받은 표정을 지으며 셈을 쳐다보았다.

"너 장난이지?"

"아니. 나 진심인데. 신들이 세상을 망쳐 놓고 있어. 그리고 나중에 온 세상을 파멸로 몰아넣을 거야. 난 그걸 막기 위해서 왔어. 그래서 말인데 넌 혹시 신들이 어디 있는지 알아?"

준수는 심각한 표정을 지으며 말없이 음식을 다시 씹기 시작했다. 그렇게 침묵을 지키더니 갑자기 웃음을 터뜨렸다.

"하하하하. 이 애송이 자식 진짠가 보네. 정신이 나간 것 같지만 난 너 같은 애들이 마음에 들어. 내 어렸을 때를 보는 것 같거든."

준수는 먹던 숟가락도 식탁에 내려놓았다.

"셈. 네 마음은 알겠다만, 다음부터 신들을 언급하는 건 조심해라. 신은 네가 생각하는 것처럼 호락호락하지 않아. 신들은 우리가 하는 모든 말을 들을 수 있어. 물론 이곳은 신들의 관심에서 벗어나 있는 매우 보기 드문 동네지. 그래서 괜찮은 거야. 네가 더 멀리 나갈 생각이라면 신들을 함부로 언급할 생각도 하지 마라."

준수는 다시 사뭇 진지해졌다.

"신들은 세상에서 가장 높은 곳에 있어. 물론 이 사실은 세상 모든 사람이 다 알고 있으니까 너도 곧 알게 됐을 거야. 절대로 신들에게 가까이 가지 말라고 알려 주는 거야. 신들과 싸우면 넌 무조건 죽어. 아무것도 하지 못하고 개죽음만 당할 거야. 그래서 원래 높은 곳은 쳐다도 보지 않는 게 인간들의 규칙이야. 무슨 말인지 알겠지?"

준수의 눈에는 공포와 슬픔 그리고 절망이 어려 있었다.

"네 가족도 신들한테 죽은 거야?"

"신들은 무슨. 신들이 있는 곳 근처에도 못 갔지."

"그럼 누가 죽인 건데?"

"반인반수."

"반인반수가 뭔데?"

준수는 셈을 눈을 동그랗게 뜨고 셈을 보더니 피식하고 웃어 버렸다.

"넌 진짜 아무것도 모르는구나."

준수는 일어서더니 식탁을 정리했다.

"오늘 밤 이야기가 좀 길어질 것 같구먼. 넌 나한테 옛날이야기를 들어야겠어."

준수는 과일즙을 짜서 만든 음료를 셈의 식탁 위에 올려놓았다. 그리고 자기도 음료가 담긴 컵을 들고 자리에 앉았다.

"날 만난 걸 행운으로 알아라. 여기서 더 멀리 떠날지 말지는 내 이야기를 들은 다음에 결정하는 게 좋을 것 같아. 넌 모르는 게 너무 많으니까."

준수는 손에 들고 있던 음료를 한 모금 마셨다.

"음…… 어디서부터 이야기를 하면 좋을까……. 넌 너무 기본적인 것도 몰라서 이야기를 어디서 시작해야 할지 모르겠네. 일단 내가 생각나는 대로 이야기할 테니까. 모르는 게 있으면 중간에 물어봐."

준수는 무언가 생각을 하려는지 인상을 찌푸렸다.

"예전에…… 그러니까 한 천 년 전이었을 거야. 그때 200명 정도 되는 신들이 헤르모니에임이라는 곳에 내려왔어. 아주 높은 곳이었지. 그곳에 터를 잡으면서 세상을 순식간에 지배하기 시작했어. 그들은 엄청나게 큰 존재였고, 인간은 상상도 못하는 지혜와 지식을 가지고 있었지. 그리고 자신을 도와줄 여러 생명체들을 만들기 시작했어. 퀴클롭스, 기간테스, 반인반수, 엘프, 괴물 같은 것이 신들이 만든 생명체들이야."

"그게 다 뭐야? 퀴클…… 뭐라고?"

"좋아. 일단 그럼 그것들을 설명해 줄게. 네가 밖으로 나갔을 때 절대로 만나서는 안 될 것들이야. 퀴클롭스는 어마어마하게 큰 거인이야. 아마 네가 봤던 거대한 동물만큼 클 거야. 신들은 그 거인에게 엄청난 양의 지식을 집어넣었어. 그래서 퀴클롭스는 온갖 신기한 물건들을 만들어 내. 그리고 기간테스도 거인인데. 이건 조금 있다가 알려 줄게. 이 녀석들은 이제 세상에 없어. 걱정하지 않아도 돼. 그리고 반인반수는 인간과 동물이 섞여 있는 듯한 생물이야. 역시 신들이 지혜를 불어넣어서 온갖 잡지식을 다 가지고 있지. 힘도 인간보다는 월등히 강하고.

그리고 엘프 역시 신들이 지혜를 불어넣은 생명체야. 그런데 반인반수와는 다른 종류의 지혜를 가지고 있어. 반인반수는 현실적인 지혜라면 엘프는 현실을 뛰어넘는 고차원적인 지혜를 가지고 있지. 엘프는 정말 아름답게 생겼어. 남자든 여자든 넋을 빼놓게 만들지. 그런데 외모에 절대로 속아서는 안 돼. 위험한 존재들이야. 반인반수와는 다르게 온화한 성격을 지니고 있지만, 신들이 만든 생명체는 기본적으로 인간을 매우 하찮은 존재로 생각하거든.

그리고 내가 말한 괴물은 신들이 만든 동물들이야. 우리에게 쉽게 길들여지는 가능님이 만든 동물들과는 차원이 달라. 훨씬 더 강하고 똑똑한 놈들이야. 그리고 그 녀석들 역시 신들에게만 길들여질 수 있어. 그러니까 절대로 신들이 만든 생명체가 있는 곳에 가선 안 돼. 뭐 이제 이런 이야기는 이쯤하고 하던 이야기를 이어서 할게. 신들의 생명체가 많아지면서 인간이 모여 살던 곳까지 흘러들어 와. 인간은 당연히 상대가 되지 못하고 속수무책으로 쫓겨나거나 싸우다 죽기 시작했지.

그래서 그때 인간이 살아남을 수 있는 유일한 방법은 신들에게 매달리는 방법밖에 없었어. 신들은 처음에 인간을 거들떠보지도 않았는데 나중에는 인간과 섞이기 시작해. 아름다운 여자들 때문이었어. 신들 중 몇 명이 아름다운 여자와 관계를 맺기 시작한 거야. 그 사이에서 신과 인간의 피가 섞인 후손들이 태어나기 시작했지. 자연스레 인간은 신들을 섬기고, 신들은 인간이 바치는 제물을 받으면서 인간을 보호해 주기 시작해.

그런데 뛰어난 예언 능력이 있던 오퀴오레라는 켄타로우스가 신들에게 예언하게 돼.

'거인을 멸망시키지 않으면 거인이 신들을 멸망시킬 것입니다.'

그리고 지혜로운 엘프들 사이에서 이런 말이 돌아.

'신들의 멸망은 그들의 자식들로 인해 시작될 것이다.'

결국 신들은 자신이 만들어 낸 퀴클롭스와 자신의 자식을 처치할 계획을 세워. 신들은 퀴클롭스를 우투가르드라고 하는 곳에 몰아넣고 그곳에 가둬 놓아 버렸지. 물론 그 이후에 퀴클롭스를 모두 처치할 계획을 세우고 있었어. 그리고 반인반수와 엘프에게 신들의 피를 타고 난 자손이 태어나면 모두 신들에게로 데려오라고 명령하지. 신들은 그렇게 자식들을 낳는 족족 처치해 버려. 그리고 다 자란 자식들은 말도 안 되는 이유를 붙여 가며 모두 처형해 버리지.

레아라는 여신은 자기의 자식들을 차마 죽이지 못해. 그래서 남편 몰래 자식을 빼돌려 반인반수의 수장이었던 케이론에게 아이들을 맡겨. 케이론은 레아의 부탁으로 신들의 자식들을 지극정성으로 돌보기 시작해. 케이론은 오퀴오레의 아버지인데 신들이 만든 생명체 중에서 가장 지혜롭다는 말이 있어. 똑똑한 케이론은 그때쯤 눈치채기 시작했어.

신들이 거인과 신들의 자손을 멸망시키려고 한다는 걸. 그리고 더 이상 다른 생명체들 역시 무사할 수 없다는 걸. 그래서 케이론은 자신의 딸과 엘프들의 예언에 도박을 걸어 보기로 한 거야. 케이론은 신들의 자손에게 지혜와 지식을 전수해 주지. 신들의 자식이 횡포를 부리는 신들을 막아 주기를 바라면서.

그 외에도 엘프의 수장 막나란 맥리르의 도움으로 아직 처형당하지 않은 신들의 자손들도 있었지. 그런데 신들은 이런 사실을 까맣게 모른 채 이제 세상은 자신들의 손아귀를 벗어날 수 없다는 착각을 하게 되지. 자신의 자손들은 대부분 처치가 끝난 상태였고, 퀴클롭스를 간단히 처리해 버릴 어마무시한 병기를 천천히 만들고 있었거든. 그런데 어느덧 신들의 자손은 무럭무럭 자라게 되고, 신들을 대항할 수 있을 만큼 강해지지.

그중에 케이론이 키워 낸 '인드라'라고 하는 신이 가장 빼어났어. 인드라는 자신을 포함한 12명의 신들을 불러 모으고 선대 신들을 처치할 계획을 세워. 그것이 바로 제1차 신들의 전쟁이야. 인드라는 세상의 생명체들과 비밀리에 동맹을 맺기 시작해. 반인반수, 엘프 모두 인드라의 편에 서기로 약속하지. 그리고 퀴클롭스를 찾아가서 도움을 구해. 퀴클롭스들 역시 기뻐하며 적극적으로 신들의 자손을 도와주지. 신들은 퀴클롭스와 합작해서 선대 신들을 대항할 무기들을 만들기 시작해.

결국 신들의 자손은 최첨단 무기를 들고 가서 선대 신들을 전부 쓰러뜨리지. 그때 잠깐 세상에 평화가 찾아오는 듯했어. 그런데 선대 신들이 만든 병기들이 결국 깨어나고 말아. 그게 바로 방금 말한 기간테스라는 거인이야. 그 거인은 어찌나 강했던지 신들의 자손들은 정신없이 도망치는 것밖에 하지 못했어. 만약 기간테스가 조금 더 일찍 깨어났더라면 신들의 자손들은 절대로 선대 신들의 상대가 되지 못했을 거야. 아무튼 신들과 퀴클롭스는 요새를 만들어 놓고 간신히 버티고 있었어.

그곳에서 퀴클롭스와 모든 신들이 지혜를 끌어모아 최악의 무기를 만들어. 신들은 더 강력해진 무기를 들고 기간테스들과 싸우기 시작해. 신들은 기간테스들을 오싸 산에 모여들게 만들었어. 그리고 인드라가 '인드라의 번개'를 오싸 산에 던져 버리지. 그때 세상은 끔찍한 고통을 겪었어. 거기에 모여 있던 기간테스가 그대로 다 사라진 것은 물론이고 지구의 피가 흘러나오기 시작했지. 지구의 피와 기간테스의 피가 섞이면서 그곳에는 지금도 커다란 불 못만이 남아 있어.

그 공격으로 싸움의 균형추는 무너져 버리고 말지. 신들은 남아 있는 적들을 간단하게 처리해 버려. 그리고 세상은 12명의 신들을 중심으로 다시 재편돼. 인간은 신의 권력이 바뀌고 더 살기 좋아지길 기대했지. 그런데 후대 신들이 세상을 지배한 이후에도 인간의 생활은 아무것도 바뀌지 않아. 똑같이 신들에게 끔찍한 제물을 바쳐야 했고, 조금이라도 신들의 마음에 들지 않는 사람은 죽어 나갔지. 자기가 마음에 드는 여자는 누구든지 강간해 버리기도 하고."

"뭐라고?"

셈은 화가 나서 책을 쾅 내리쳤다.

"아니. 신들이 사람을 죽이고 강간을 하는데 인간들은 뭘 하고 있는 거야?"

"셈. 어쩔 수 없는 일이야. 내가 말했잖아. 신들은 너의 상상을 초월한다고. 이 세상의 모든 생명체가 힘을 합쳐 신들과 싸움을 벌여도 신들을 이길 수 없을 거야. 알겠어? 인간이 살아남기 위해 내린 어쩔 수 없는 선택이야. 매년 아기와 여자 몇 명을 제물로 바치기만 하면 나머지 사람들은 살아남을 수 있으니까"

"무슨 말이야? 아기와 여자라니?"

"아. 제물에 대해서 모르나 보구나. 보통 신들에게 어린 아기나 아름다운 처녀들을 제물로 바쳐. 다른 제물들도 같이 바치기도 하는데 신들은 인간의 아기와 젊은 처녀에 관심이 많거든."

셈은 주먹을 세게 쥐고 이를 꽉 깨물었다.

"신이건 뭐건 절대로 내버려 둘 수 없어. 어떻게 인간을 제물로 삼을 수가 있어?"

"셈. 내가 충고 하나만 할게. 너 혼자 목숨 걸고 싸우겠다면 내가 말릴 수 없을지도 모르겠어. 그런데 다른 사람들 목숨까지 위태롭게 만들지는 마."

준수가 이번에는 단호하게 말을 했다.

"다른 사람들은 바보라서 이런 현실에 순응하고 있는 게 아니야. 자기 아기와 딸을 잃은 사람들 기분은 어떻겠어? 그 사람들도 죽더라도 한 번 싸워 보려고 하지 않았겠어? 그런데 그렇게 자기감정대로 객기를 부렸다가는 마을 사람 전체가 학살당하게 돼. 모두를 위해서 참는 거야."

준수는 식탁에 있던 음료를 한 모금 마셨다. 셈은 화가 나고 답답했지만 도대체 무엇을 해야 할지 더 혼란스러워졌다.

"뭐 아무튼. 아직 이야기가 조금 더 남았어. 견고했던 12명의 신 체제도 서서히 균열이 가기 시작했거든. 최고의 신 인드라를 필두로 신들은 질서를 유지하고 있었는데 레아의 자손이 아닌 신들 사이에서 약간의 불만이 생겨나. 인드라가 레아의 자손인 데다가 최고신이다 보니 알게 모르게 같은 형제들을 더 편애하게 된 거지.

결국 염제라는 신이 최고신의 자리에 오르기 위해 반역을 계획해. 그래서 염제는 인간과 동맹을 맺고 인간에게 자신의 지혜와 지식을 나눠 주지. 그래서 인류는 그때 엄청나게 발전했어. 염제는 인간과 반신들을 자신의 세력으로 끌어모으면서 새로운 싸움을 준비하지.

하지만 신들 역시 인간의 지식과 지혜가 몰라보게 발전한 것을 보고 누군가 신들의 지혜를 인간에게 퍼뜨렸다는 사실을 눈치채. 얼마 지나지 않아 그 주범이 염제라는 사실을 알아내 버려. 이 사건에 대해 신들은 곧바로 회의를 소집하고 신들의 회의에서 염제를 처벌해야 한다는 의견에 모두가 동의를 하지. 그렇게 염제와 나머지 신들 간의 싸움이 시작돼. 제2차 신들의 전쟁이 이렇게 시작된 거야.

반신들은 염제 편과 최고신 인드라 편으로 나뉘었고, 염제와 인간은 신들에게 대항해 싸웠지. 당연한 결말이었지만 염제는 처참하게 패배해. 인간들은 염제에게 지혜를 전수받고 신들과 싸워 볼 만하다고 생각했지.

하지만 그때 인간은 신들이 인간의 상상을 아득히 뛰어넘는 힘을 가지고 있다는 사실만을 알게 돼. 인간은 반신들에게도 상대가 안 됐거든. 결국 염제는 모두가 볼 수 있도록 높은 절벽에 매달린 채 신들이 보내는 큰 괴물 새에게 간을 쪼아 먹히는 벌을 받게 되지. 쪼아 먹힌 간이 다시 자라게 되면 괴물새가 다시 와서 그 간을 쪼아 먹어 버린대.

방금 내가 신들의 2차 전쟁 때 인간도 참전했다고 말은 했지만 사실 신들은 그렇게 생각하지 않을 거야. 인간은 신들 근처에 접근도 못했거든. 그냥 염제를 조금 도와준 정도에 지나지 않아. 인간이 신들의 전쟁 때 사실상 거의 한 게 없다는 건 내가 괴수들과 싸워 보고 난 후에 깨달았어. 난 괴수들을 보는 순간 승산이 없다는 것을 바로 알아차렸지. 그래서 난 서둘러 그곳을 도망 나와서 목숨만 간신히 부지한 거야. 나머지 사람들은 전부 죽어 버렸고."

준수는 들고 있는 컵을 세게 쥐며 부들부들 떨고 있었다. 그리고 얼굴에는 공포가 가득 담겨 있었다.

"인간이 세상에서 할 수 있는 것은 별로 없어. 신들에게 눈에 띄지 않는 게 가장 좋고, 신들의 영향력 아래 있다면 신들에게 밉보이지 않는 게 좋아. 사실 신들은 인간에게 별로 관심이 없어서, 마주칠 일은 없을 거야. 신들을 직접 찾아가는 것도 엄청 힘들고. 그런데 악랄한 괴수나 반신들한테 잘못 걸리면 순식간에 삶이 지옥으로 변해 버릴 거야. 그러니까 항상 괴수나 반신을 조심해야 해."

"알겠어. 명심할게. 고마워. 덕분에 정말 많은 걸 알게 된 것 같아."

준수는 잠깐 동안 셈의 표정을 살폈다.

"너 아직도 신들을 찾아갈 생각인 거지?"

셈의 눈빛은 조금도 흔들리지 않았다. 셈은 신들을 막지 못하면 어차피 모두가 죽을 수밖에 없다는 걸 알고 있었기 때문이다. 절망의 크기가 커질수록 오히려 셈의 의지는 같이 커져 나갔다.

"응. 난 무슨 일이 있어도 신들을 막을 거야. 그게 내가 집을 나온 이유 니까."

준수는 한동안 침묵을 지키더니 크게 한숨을 내쉬었다.

"좋아. 정 그렇다면 나랑 내일 부족장을 만나러 가자. 넌 아직 어려서 최대한 이런 일에 끼어들지 않게 해 주고 싶었는데 차라리 이편이 더 나 을 것 같다."

"부족장이라고?"

"응. 이쪽 동네를 이끄는 우두머리야. 이쪽 동네 사람들은 신들에게 원 한이 있는 사람들이 모여 있거든. 나도 신들의 생명체한테 가족을 다 잃 어버렸기도 했고. 자세한 건 모르지만 부족장도 신들의 세력에게 소중한 사람들을 잃어버린 것 같아. 그래서 언젠가는 인간이 신들로부터 다시 세상을 되찾아 올 수 있는 방법을 찾고 있어. 그게 우리 시대 때는 안 되 더라도 계속 시도하다 보면 먼 훗날에는 가능해질 수도 있잖아? 너도 무 모하게 혼자 나가는 것보다 다른 사람들과 함께 움직이는 게 더 낫지 않 겠어? 네가 꽤 믿을 만한 사람이라는 게 증명만 된다면 그 사람들은 지금 까지 모아 온 정보들을 너에게 전달해 줄 거야. 어때? 내일 나랑 같이 부 족장을 만나 보는 게."

셈은 막막했던 머릿속에 한 줄기 빛이 비추는 느낌이었다. 세상을 먼저 경험한 사람들과 함께한다면 분명 신들을 막을 수 있는 방법도 찾아내리 라. 셈의 마음은 흥분으로 가득 찼다.

카르카단

셈과 보이코는 준수를 따라 아침 일찍 집을 나섰다. 준수는 코끼리 두 마리를 끌고 나와 한 마리는 자신이 타고 나머지 한 마리는 셈을 태웠다. 보이코는 셈이 탄 코끼리 옆을 따라왔다. 그들이 넓은 평야 지대를 들어섰을 때 땅에서 진동이 느껴지기 시작했다.

"젠장할. 또 시작이군."

준수가 말했다. 땅의 진동은 점점 강해졌고 먼 곳에서부터 소란스러운 소리가 들리기 시작했다.

"술희. 먼저 가서 상황 좀 살펴보고 와 줘."

준수가 탄 코끼리 엉덩이 쪽에 앉아 있던 독수리가 날아갔다.

"애들아, 빨리 가자."

준수가 말하자 코끼리가 달리기 시작했다.

"무슨 일이야?"

셈이 물었다.

"카르카단이 또 습격을 했나 봐. 그 녀석들이랑 마주치지 않게 돌아서 가야겠어."

"카르카단이 뭐야?"

"머리에 뿔이 세 개 달린 동물. 그 녀석들이 우리 마을을 한 번씩 공격해 와서 골치거든."

"뭐? 동물이 사람의 마을을 공격한다고?"

셈은 어렸을 때부터 들었던 옛날이야기가 있었다. 가능님은 세상을 만들고 아담에게 모든 것을 정복할 수 있도록 허락하셨다. 그래서 아담은 모든 동물들을 찾아가 신성한 계약을 맺는다. 동물은 아담을 주인으로 섬기고 아담은 동물을 사랑으로 보살피기로 한 계약이었다. 아담은 모든 인간의 대표였고 동물들 역시 자신들의 핏줄을 대표해 계약을 맺었다. 인간과 동물은 피로 맺어진 계약 관계였다. 셈은 이런 계약 관계가 깨져 버린 현실을 받아들이기 어려웠다. 동물이 인간을 공격하다니……. 셈은 적잖은 충격에 빠졌다.

"응. 참 골칫거리야. 제발 아무 일 없이 넘어갔으면 좋겠군."

준수가 신호를 보내자 코끼리들은 더 빨리 속도를 내었다. 코끼리들 역시 잔뜩 긴장해 있었다. 정찰 갔던 술희가 다시 날아왔다.

"카르카단한테 포위당했어. 마을 용사들이 마을을 지키려고 무기를 들고 평야로 나와 있어. 싸움이 벌어질 것 같아."

"머리가 아프게 됐구먼. 그럼 포위가 좀 헐거운 데는 없어? 우린 곧장 부족장에게 가야 해."

"여기서 북동쪽으로 달려가. 그쪽이 아직 비어 있어."

준수는 코끼리의 방향을 살짝 오른쪽으로 틀고 달려갔다. 시간이 지날수록 땅의 진동은 점점 더 거세지기만 했다.

"제길. 다 틀렸구먼."

멀리서 무언가 가까이 다가오고 있는 것이 보였다.

"가자. 이렇게 된 거 정면 돌파다."

준수와 셈도 앞으로 곧장 달려갔다. 점점 가까워지자 셈은 멀리서 보이던 것이 달려오는 사람들이었다는 것을 분간할 수 있었다.

"준수! 너도 빨리 전투 준비해. 카르카단이 또 쳐들어 왔어."

사람들은 갑옷을 입고 손에 무기를 하나씩 들고 있었다.

"난 지금 손님이 와서 부족장에게 곧장 가야 해."

준수가 코끼리 앞에 서 있는 사람에게 말했다.

"어림도 없어. 우린 완전히 포위당했어. 카르카단이 이쪽 평야를 완전히 둘러싸 버렸다고."

곧이어 쿵쿵거리는 거대한 발자국 소리가 크게 들리기 시작했다. 멀리서 무언가 흙먼지를 일으키며 빠른 속도로 다가오고 있었다. 준수 눈앞에 빛이 생겨나기 시작했다. 준수는 빛에 손을 집어넣더니 토시를 꺼내 팔에 착용했다. 그 토시는 모든 전사들이 착용하고 있었다. 또 빛에서 쇠로 만든 긴 채찍을 꺼내 오른손에 쥐었다. 왼손으로는 기다란 칼을 하나 뽑아내더니 셈에게 내밀었다.

"자, 받아, 셈. 너도 싸워야 해."

셈은 그 칼을 받아서 꼭 쥐었다. 사방에서 땅이 흔들리더니 카르카단의 모습이 드러나기 시작했다. 카르카단은 코끼리보다 더 커다란 코뿔소처럼 생겼다. 하지만 카르카단에게는 긴 꼬리가 있었고 머리에는 두 개의 기다란 뿔이 있었다. 그리고 코에는 머리에 있는 것보다는 짧은 뿔이 돋아 있었다.

"드디어 복수의 기회가 왔군, 인간들이여. 우리를 고통에 몰아넣었으니 이제 너희들이 고통을 당할 차례가 왔다."

앞에서 가장 크고 튼튼해 보이는 카르카단이 코를 씩씩대더니 크게 소리를 질렀다.

"웃기지 마, 이 멍청한 카르카단. 우린 단지 계약을 지키기 위해 최선의 선택을 내린 것뿐이야. 그런데 너희들은 인간과 동물 사이에 계약을 깨 버렸다. 이 몹쓸 놈들아."

준수 역시 지지 않고 소리쳤다.

"계약? 계약이라고? 그 더러운 입으로 계약을 입에 올려? 계약을 먼저 깨 버린 건 너희들이야. 우리 아이들과 친구들이나 다시 돌려내!"

"녀석들의 희생이 없으면 우리는 전부 다 죽을 수밖에 없어. 전에도 이야기했잖아. 제발 현실을 좀 받아들여."

"우리 모두? 웃기지 마. 네 녀석의 이득을 위해서 우릴 이용하는 것뿐이잖아. 이제 더 이상은 안 돼. 네놈이 더러운 짓을 그만두지 않는 이상 우리도 가만히 있지 않을 거야."

준수는 철로 만든 채찍을 크게 한 번 휘둘렀다. 바람을 가르는 소리가 들리더니 바닥에 풀을 베어 버리고 땅이 깊게 패였다.

"건방진 짐승 놈들. 정신을 번쩍 들게 해 줘야겠구먼."

"인간 대우를 받고 싶으면 인간답게 행동을 해야지, 짐승 같은 놈들아. 애들아, 가자."

카르카단이 무섭게 돌진해 오기 시작했다. 사람들은 각자 무기를 들고 카르카단의 뿔에 맞섰다. 고요하던 평야는 순식간에 아수라장으로 변했다. 사람들의 비명 소리와 카르카단의 울음소리가 울려 퍼졌다. 카르카단은 기다란 뿔로 사람들을 들이받아 버렸고 카르카단 앞에서 생쥐만큼 작은 사람들은 그대로 멀리 날아가 버렸다.

사람들 역시 카르카단을 향해 창을 던졌다. 창이 카르카단의 몸에 부딪힐 때마다 작은 폭발이 일어났다. 창에 맞을수록 카르카단의 두꺼운 가죽에도 점점 균열이 생기기 시작했다. 결국 몸 여기저기에 창이 박혀 버린 카르카단은 속절없이 무너져 내렸다.

준수는 채찍을 휘둘러 카르카단의 목을 휘감았다. 채찍에 전류를 흘려보내자 채찍에 감긴 카르카단은 몸이 뻣뻣하게 굳어져 버렸다. 그때 한 카르카단이 셈을 향해 달려왔다. 셈의 코끼리는 정신없이 피했지만 카르카단의 속도를 이겨 내지 못했다. 결국 카르카단의 뿔이 코끼리의 옆구리를 뚫어 버렸다. 코끼리는 힘없이 쓰러졌다. 코끼리 위에 올라타고 있던 셈도 균형을 잃고 코끼리 위에서 떨어졌다. 다행히 보이코가 달려와 셈을 받아 낸 덕분에 셈이 다치지는 않았다.

"아니, 이 녀석들이 인간을 공격하고 있어. 이건 아니잖아."

셈 못지않게 보이코 역시 큰 충격을 받았다. 셈과 보이코에게 상상조차 할 수 없는 상황이었기 때문이다.

"보이코. 싸울 준비해. 가만히 있다간 우리가 당하겠어."

보이코는 자세를 낮추며 코끼리를 쓰러뜨린 카르카단을 노려보았다. 셈 역시 카르카단을 향해 칼을 겨누었다. 카르카단은 다시 셈을 향해 돌진했다. 보이코와 셈도 동시에 카르카단을 향해 달려갔다.

보이코는 카르카단의 오른쪽 뿔을 입으로 물었고, 셈은 카르카단의 왼쪽 뿔 옆을 칼날로 받아 냈다. 셈은 칼 손잡이에 있는 버튼을 눌렀다. 그러자 칼날 속에서 칼들이 튀어나오더니 카라카단의 뿔을 칼날로 완전히 둘러싸 버렸다. 카르카단의 왼쪽 뿔은 셈이 들고 있는 칼로 묶여 버렸고 오른쪽 뿔은 보이코의 이빨이 감싸 쥐고 있었다.

셈과 보이코 그리고 카르카단은 그렇게 힘겨루기를 했다. 어느 한쪽도 쉽게 밀리지 않는 팽팽한 줄다리기가 계속되었다.

"너희들 왜 인간을 공격하는 거야? 너희들은 인간을 섬기기 위해서 만들어졌다는 걸 잊었어? 이런 건 절대로 있어서는 안 되는 일이야."

셈이 양손으로 칼자루를 잡고 카르카단의 힘을 버티며 입을 뗐다.

"그럼 인간은 동물을 돌볼 책임이 있다는 건 잊었어? 우린 다 알고 있어. 우릴 지켜 주겠다는 핑계로 내 형제들과 아이들을 데려가서 다 죽였다는 걸."

"그게 무슨 소리야? 너희들을 다 죽인다니?"

"모르는 척하지 마. 너희들은 매년 새로 태어난 아이들과 무리 중에 가장 튼튼한 친구를 골라서 데려갔잖아. 나중에 걔네들이 처참하게 죽었다는 걸 알고 저항하니깐 너희들은 우리를 그냥 짓밟아 버렸어. 우리도 더 이상 참고 있을 수는 없다고."

셈은 화가 치밀었다. 이 사람들이 무고한 동물들을 데려다가 죽이고 있다는 사실을 몰랐기 때문이다.

"그럼. 너희들을 더 이상 데려가지 않으면 싸움을 멈출 거야?"

"당연하지. 우리는 인간과 싸우고 싶지 않아. 단지 나와 내 친구, 내 가족을 지키기 위해서 이러는 거야."

셈은 칼을 거둬들였다.

"미안. 난 몰랐어. 난 다른 마을에서 온 사람이야. 만약 너희들을 죄 없이 죽이는 사람이 있다면 내가 책임지고 보호해 주겠어."

보이코도 눈치를 보다가 물고 있던 카르카단의 뿔을 놓았다.

"넌 도대체 누군데? 다른 데서 온 사람이 우릴 무슨 수로 보호해 주겠다는 건데?"

"난 셈이야. 무두셀라의 아들 라멕. 라멕의 아들 노아. 노아의 아들이 나야. 우리 집안은 대대로 가능님을 모시면서 가능님의 말씀을 지키며 사는 집안이야. 그래서 난 인간이 가능님 앞에서 했던 계약을 지키면서 살고 있어."

"노아의 아들이라고? 맞아. 노아는 정말 선한 사람이라는 말을 들은 적이 있어. 노아는 다른 사람들과는 조금 다르다고 했었어."

"일단 싸움을 멈춰. 이제부터는 그 누구도 피를 흘려서는 안 돼."

"나는 이 싸움을 못 멈춰. 내 아빠만 멈출 수 있어."

"좋아. 그럼 네 아빠한테 날 데려다줘."

"알겠어. 그럼 내 뒤에 올라타. 데려다줄게."

그때 셈은 쓰러진 코끼리가 생각이 났다.

"잠깐만 기다려."

셈은 코끼리에게 돌아가 코끼리의 상태를 살폈다. 배가 뚫려 피가 많이 흐르고 있었다. 숨도 더 이상 쉬지 않았다. 셈은 주머니에서 꽃을 꺼냈다. 셈은 먼저 뼈살이꽃으로 부러진 갈비뼈를 치료했다. 그리고 피살이꽃을 손으로 으깬 뒤 피가 흐르던 곳으로 집어넣었다. 피살이꽃은 점점 피로 변해 갔다. 그리고 살살이꽃을 코끼리의 상처 부위에 발랐다. 그러자 코끼리의 상처가 점점 메워지기 시작했다.

"제발, 살아라."

셈은 숨살이꽃을 꺼냈다. 그리고 손으로 잘게 썰어서 콧속으로 불어넣었다. 셈은 코끼리의 숨을 확인하며 이 과정을 계속했다. 그러자 코끼리의 코에서 미세한 숨소리가 들리기 시작했다.

"다행이다. 조금만 늦었어도 죽었을 거야. 보이코 잠깐만 코끼리 좀 지켜 줘."

코끼리가 숨을 쉬는 것을 확인한 뒤 셈은 카르카단의 등 뒤에 올라탔다. 그러자 카르카단은 가장 커다란 대장 카르카단이 있는 곳으로 달려갔다. 대장 카르카단은 옆에서 그를 지키는 다른 카르카단보다 훨씬 거대했다. 대장 카르카단은 전장 뒤쪽에서 전체 상황을 살피고 있었다. 셈이 타고 있던 카르카단은 대장 카르카단의 바로 코앞까지 셈을 데려갔다.

"싸움을 멈춰."

셈은 비장하게 말했다. 대장 카르카단은 눈빛 하나 흔들리지 않고 셈을 쳐다보았다.

"애송아. 죽기 싫으면 빨리 도망이나 가라. 네가 끼어들 싸움이 아니야."

"아빠. 이 사람이 노아의 아들이래. 우리를 지켜 주겠다고 했어."

대장 카르카단은 피식 웃었다.

"네 녀석이 누구 아들인지는 관심 없다. 도대체 누가 누굴 지켜 주겠다는 거야? 장난치지 말고 썩 꺼져 버려. 이제부터 우리 영역에 있는 인간이 할 수 있는 건 딱 두 가지뿐이야. 죽든지 항복하든지."

"입 닥쳐. 신성한 계약을 깨는 자는 누구든지 가능님의 저주를 받을 거야. 넌 사람을 함부로 공격하는 게 정당하다고 생각해? 너도 계약을 완전히 어기고 있잖아. 싸움을 멈춰."

"계약? 웃기는 소리. 사람과 동물의 계약은 아담이 다 깨 버렸어. 이제 그런 계약은 의미도 없다고. 우린 그저 우리 스스로를 보호하려는 것뿐. 인간이든 짐승이든 우릴 해치려는 놈들은 전부 본때를 보여 주겠어."

"좋아. 그럼 아담의 피가 흐르는 내 이름을 걸고 약속하지. 아담과 했던 계약을 내가 지키겠어. 내가 너희들의 대장이 되고 너희를 보호해 줄 거야. 이제 싸움을 그만둬."

"아직 젖비린내 나는 녀석이 우릴 어떻게 지키겠다는 거야? 엄마한테 가서 젖이나 더 먹고 와. 카르카단의 법에서는 가장 강한 놈이 대장이 된다. 날 쓰러뜨리지 못하는 놈은 대장이 될 수 없어."

"좋아. 그럼 내가 널 쓰러뜨리겠어."

"네놈이 아직도 정신을 못 차렸구나. 오냐, 네 배짱을 가상하게 여겨서 도전을 받아 주지. 널 본보기로 인간 녀석들이 다시는 우리를 괴롭히지 못하게 해야겠구나."

대장 카르카단은 크게 한 번 울었다. 순간적으로 세상이 흔들리는 듯했다. 카르카단의 울음소리에 전투가 잠시 멈췄다.

"자. 이 녀석과 내가 대장의 자리를 두고 결투를 벌일 거다. 잠시 싸움을 멈춰라. 패배한 자는 승리한 자를 섬기게 될 것이다."

카르카단들은 싸움을 멈추고 셈과 대장 카르카단을 둥글게 에워쌌다.

"이봐, 셈. 무슨 일이야?"

준수 역시 싸움을 멈추고 셈에게 오려고 했다. 하지만 카르카단이 원 안으로 들어가지 못하게 막았다.

"나랑 이 녀석이랑 한 판 붙기로 했어. 내가 이기면 내가 저 녀석들의 대장이 되는 거야. 내가 이 싸움을 완전히 끝내겠어."

"셈! 뭐하는 거야! 당장 그만둬. 넌 그 녀석을 절대 이길 수 없어."

준수는 다시 무기를 꺼내 들었다.

"야! 너희 뭐 해? 저 녀석은 우리의 손님이야. 절대로 다치게 해서는 안 돼. 셈을 구하고 카르카단을 여기서 전부 쫓아내!"

사람들은 다시 무기를 꺼내 들고 싸울 채비를 했다. 카르카단들도 바짝 긴장하면서 언제라도 들이받을 준비를 하고 있었다.

"그만! 그만둬! 더 이상 피를 흘릴 수는 없어. 싸움은 이미 하기로 정해 졌어. 난 내 이름을 걸고 한 말을 뒤집을 수 없어. 여기서 나랑 저 녀석 둘 이 승부를 보겠어. 난 사람의 대표로, 저 녀석은 카르카단의 대표로 마지 막 싸움을 벌일 거야. 여기서 진 쪽은 군말 없이 항복하는 거야. 어때?"

"아무렴 뭐 어때. 어찌 됐건 네 녀석들이 항복하게 될 텐데."

"준수! 너도 이제 싸움을 그만둬. 더 이상 무의미한 피를 흘리게 두지 마. 여기서 나랑 쟤 둘 중 하나가 피 흘리고 싸움을 끝내는 거야. 알겠지?"

준수의 얼굴에는 복잡한 표정이 드러났다.

"준수. 그냥 그렇게 하는 게 좋겠어. 어차피 이렇게 계속 싸우다가는 피 해가 더 커지기만 할 거야. 저 꼬마 애가 어떤 애인지 모르겠지만 한 번 믿 어 보는 게 최선인 것 같아. 저렇게 큰소리치는 거 보면 뭔가 있나 보지."

옆에 한 사내가 준수에게 말했다.

"그렇게 하지."

마지못해 준수는 그의 말을 받아들였다.

"자. 그럼 이제 됐지? 이제 너랑 나만 승부를 보면 돼."

셈은 들고 있던 칼을 들어 올렸다. 그리고 카르카단의 눈을 노려보았다. 심장이 쿵쾅대고 뜨거운 피가 심장을 지나 온몸 구석구석으로 퍼져 가는 게 느껴졌다. 손과 발에는 조금씩 땀이 나기 시작하고 세포 하나하나가 촉각을 곤두세우고 있었다. 카르카단은 고개를 살짝 숙이고 발로 땅을 긁고 있었다.

"애송아, 막상 싸우려니까 겁나니? 지금이라도 항복해. 목숨이라도 건지고 싶다면 말이지."

셈은 카르카단을 주시하면서 어떻게 쓰러뜨릴지 고심했다. 다행히 이제 셈은 준수가 준 검을 다루는 데 조금씩 익숙해지고 있었다. 이 검은 검 안에 여러 개의 검이 들어 있다. 칼끝에서 새로운 칼이 나오게 할 수도 있고, 좌우로 새로운 칼들이 돋아나게 할 수도 있었다.

셈은 카르카단의 약점을 찾으려고 노력했다. 정면 대결을 펼친다면 승산이 없다. 카르카단이 보지 못하는 곳에서 공격해야 한다. 뒤? 아니야. 카르카단의 뒤를 돌아가는 건 사실상 불가능해. 옆? 옆구리를 찌를까? 하지만 카르카단의 가죽이 너무 두껍다. 만약 한 번이라도 공격이 실패하면 셈은 바로 카르카단에게 짓밟힐 것이다.

그럼 아무래도 그 방법밖에는 없겠어. 카르카단은 위를 올려다볼 수 없었다. 카르카단 머리 위로 뛰어오른 다음 카르카단이 생각지도 못한 순간에 머리에 칼을 내지르는 것이다. 길이를 조절할 수 있는 이 칼이라면 불가능한 전략이 아니었다. 설령 치명상을 입히지 못하더라도 머리를 제대로 찔리게 되면 한동안 정신을 못 차릴 것이다.

"끝내 항복하지 않겠다는 거지? 오냐, 그럼 내가 직접 가서 들이받아 주마."

카르카단은 뿔을 셈에게 향한 채로 빠르게 달려왔다.

'빠르다.'

달려오는 카르카단의 속도는 셈이 생각했던 것보다 훨씬 빠르게 느껴졌다. 셈 역시 카르카단을 향해 돌진했다. 그리고 카르카단의 뿔에 부딪치려는 찰나에 카르카단의 머리 위로 높게 뛰어올랐다.

"됐다."

셈은 칼을 거머쥐고 카르카단의 머리를 향해 칼을 겨냥했다. 이제 손잡이의 버튼만 잘 조절하면 카르카단의 머리에 칼이 꽂힐 것이다.

그때 카르카단이 앞발을 높이 들더니 셈을 향해 뛰어올라 왔다. 셈이 손 쓸 틈도 없이 카르카단의 코 쪽에 있는 뿔이 그대로 셈의 배를 뚫어 버렸다.

"윽."

셈은 외마디 비명을 질렀다. 몸이 붕 떠서 날아갔다. 공중에서 하늘을 올려다보는 순간 셈은 정신을 잃었다. 그때 보이코가 원을 만들고 있던 카르카단의 등을 밟고 한 차례 도약을 하더니 날아가고 있던 셈을 받아 냈다.

"이런 미친 새끼야. 감히 셈을 이 모양으로 만들어 놔? 넌 나한테 죽었어."

보이코는 크게 울부짖었다. 덕분에 잠시 의식을 잃었던 셈도 정신을 차릴 수 있었다. 셈의 배에서는 피가 흐르고 있었다. 그리고 셈의 입에서도 피가 새어 나왔다.

"보이코…… 돌아가……. 아직 안 끝났어……. 여기서 네가 싸움에 개입하면 난 싸움에서 진 게 되는 거야. 그럼 우린 약속했던 대로 군말 없이 물러나야 해. 내 걱정 말고 빨리 다시 자리로 돌아가."

보이코는 다시 한 번 크게 울부짖고 뒤로 물러섰다.

"카르카단 새끼들. 셈이 어떻게 된다면 각오하는 게 좋을 거야. 찾아가서 전부 죽여 버릴 테니까."

셈은 다시 몸을 일으켰다. 배에 구멍이 나서 상체를 완전히 세우지 못했다. 그리고 피가 나는 곳을 한 손으로 틀어막았다.

"곧 죽을 것 같구나 애송아. 그만 포기하고 돌아가라. 너처럼 나약한 아이는 나도 죽이고 싶지 않다."

셈은 숨을 가쁘게 쉬었다. 이제 셈은 숨 쉬는 것도 편하지 않았다.

'갈비뼈도 부러졌다.'

셈은 몸 상태를 확인했다. 배에는 구멍이 났고 갈비뼈는 몇 개가 부러졌다. 그리고 피를 너무 많이 흘려 현기증도 몰려왔다. 셈은 주머니를 열어 피살이꽃을 꺼냈다. 피살이꽃으로 혈액을 공급했다. 그리고 뼈살이꽃을 꺼내 부러진 갈빗대를 이었다. 마지막으로 살살이꽃으로 배와 내장에 살을 채워 넣었다.

셈은 입술에서 흘러내리는 피를 소매로 닦아 냈다. 응급처치는 끝냈지만, 몸에 힘이 다 빠져 버린 상황이었다. 셈은 조용히 눈을 감았다. 그리고 '모든 것이 가능한 방'을 상상했다. 지지대 위에 올라가 있는 망치를 두 손으로 쥐었다. 셈의 손에는 셋의 망치가 들려 있었다. 매일 밤마다 꾸준히 연습을 했기 때문에 망치를 소환하는 게 그리 어렵게 느껴지지 않았다. 셈이 망치를 손에 들자 새로운 힘이 솟아나기 시작했다. 그 망치를 들고 있을 때만큼은 뭐든지 가능할 것 같다는 느낌을 받았다.

"뭐야, 무슨 대단한 걸 하는 줄 알았더니 고작 무기를 바꾼 거였냐? 들고 있기도 버거운 그 망치로 대체 뭘 하겠다는 거야? 이제 나도 싸움을 끝내야겠다. 날 원망하지는 말거라.”

카르카단은 다시 한 번 셈을 향해 거세게 돌진했다. 셈 역시 카르카단을 향해 돌진했다. 셈은 눈을 감았다. 카르카단의 발굽 소리에 귀를 기울였다. 카르카단이 오고 있는 모습을 상상했다.

‘이번에는 먼저 뛰지 않을 거야. 카르카단이 나를 들이받았다고 생각하는 그 순간. 나를 뿔로 받으려고 고개를 숙이는 그 순간 뛰어오르는 거야. 방금보다 더 높이. 카르카단이 볼 수 없도록 높이 뛰는 거야.’

카르카단은 셈을 들이받기 위해 뿔을 세우고 고개를 숙였다. 이번에는 셈이 뛰지 않으니까. 무거운 망치를 들고 높이 뛸 수도 없을 테니까. 그런데 고개를 아래로 숙이는 순간 셈은 높이 뛰어올랐다. 카르카단의 뿔이 아슬아슬하게 셈을 비껴 나갔고 셈은 처음보다 더 높이 뛰어올랐다.

카르카단은 순간 셈이 사라져 버렸다고 생각했다. 더 이상 시야에 셈이 들어오지 않았기 때문이다. 셈은 공중에 몸을 띄운 순간 눈을 떴다. 그리고 두 손으로 망치를 꽉 쥐고 아래로 내리쳤다. 망치는 카르카단의 뿔 위로 떨어졌고, 카르카단의 뿔은 그대로 부러져 버렸다. 셈은 망치를 휘두른 뒤 그 무게와 속도를 이겨 내지 못하고 망치를 놓쳐 버렸다. 그리고 그대로 땅에 굴러떨어졌다.

셈은 땅에 떨어진 망치를 다시 주워 들고 자리에서 일어났다. 그리고 뒤를 돌아 다시 싸울 채비를 했다. 하지만 카르카단 역시 정신을 잃고 그자리에서 쓰러졌다. 카르카단이 완전히 기절했다는 것을 확인하고 셈은 다시 모든 것이 가능한 방에 망치를 가져다 놓았다.

“와아아!”

곧이어 사람들의 함성 소리가 울려 퍼지기 시작했다. 셈은 자기가 승리했다는 것을 알고 나자 몸에 힘이 다 빠져나갔다. 그리고 그대로 정신을 잃고 쓰러졌다.

고바난

셈이 눈을 떴을 때 셈은 낯선 방에 있었다. 아직 정신이 완전히 돌아온 것은 아니라서 꿈인지 현실인지 먼저 지각을 해야 했다. 손을 움직여 보고 고개를 둘러 주위를 둘러보았다. 그곳은 방 하나 크기의 작은 집 같아 보였다. 바닥에는 보이코가 웅크려 자고 있었다.

셈은 힘겹게 몸을 일으켰다. 옷을 들춰 배를 보니 배는 아무런 상처도 없이 말끔했다. 준수를 만난 것과 카르카단과 전투를 벌인 것이 오래전에 꾸었던 꿈 같이 느꼈다. 그래서 그것들이 꿈인지 현실인지 분간하는 데도 한참이 걸렸다.

"보이코."

셈은 웅크려 자고 있는 보이코를 불렀다. 보이코는 귀를 쫑긋거리더니 눈만 뜨고 눈동자를 위로 올려 셈을 쳐다보았다. 셈이 일어나 있는 것을 확인한 보이코는 갑자기 일어서서 앞발을 침대 난간에 올려놓고 셈과 얼굴을 마주했다.

"셈! 일어났구나. 안 일어나기에 걱정했잖아."

그때 집의 문이 열리더니 한 남자가 들어왔다.

"드디어 일어났구나. 몸은 좀 괜찮니?"

그 남자는 상체에 아무것도 입지 않고 허리에 갈색 벨트를 하나 메고 있었다. 피부 역시 갈색이라서 벨트를 차고 있다는 것을 주의 깊게 살펴야 알아차릴 수 있었다. 손에는 자기 키보다 살짝 큰 창을 들고 있었고, 목에는 엄지손가락만 한 하얀색 돌을 엮어서 만든 목걸이를 차고 있었다.

"몸은 좀 괜찮아. 근데 넌 누구야?"

"그러고 보니 넌 날 처음 보겠구나. 난 이틀 전에 너를 봤는데 말이야."

"이틀 전이라고?"

"응. 이틀 전에 준수가 널 여기로 데려오더라고. 라멕의 손자 셈이라고 했지? 난 고바난이라고 해. 이 부족의 부족장이야."

고바난은 창을 벽에 걸고 의자에 앉았다.

"네가 잠들어 있는 동안 우리 의술사들이 널 돌봐 줬어. 네가 혼자 응급처치를 잘해 놨다고 하더라고. 지금은 완전히 말끔할 거야. 그건 그렇고, 너 지금 배가 많이 고프지 않니? 이틀 동안 아무것도 안 먹었으니까. 일단 뭐라도 먹으면서 천천히 이야기하자."

고바난은 박수를 크게 두 번 쳤다.

"얘들아, 먹을 것 좀 가져와."

문이 열리더니 빨간색 두건을 쓴 고릴라와 파란색 두건을 쓴 고릴라가 음식이 가득 담긴 바구니를 양손에 들고 나타났다. 그리고 커다란 음식

바구니 하나가 그들의 목에 걸려 있었다. 고릴라가 바구니를 고바난 앞에 내려 두고 방을 나갔다. 고바난은 수박만 하고 귤같이 생긴 과일 한 점과 물 한 잔을 셈에게 건네주었다.

"음식을 안 먹은 지 오래됐으니까 일단 이것부터 천천히 먹으렴. 배도 음식에 적응할 시간이 필요할 테니까."

셈은 먼저 물을 천천히 마셨다. 물이 입을 통해 식도를 지나가자 식도가 열리는 기분이었다. 처음 일어났을 때 셈은 배고픈 줄 모르고 있었다. 배에 무언가 들어가고 나서는 몹시 배가 고파지기 시작했다.

"네 이야기는 준수랑 부족 사람들한테 다 들었어. 대장 카르카단을 쓰러뜨렸다며? 난 처음 들었을 때 거짓말 치는 줄 알았어. 이렇게 어린 애가 망치 하나 들고 카르카단을 쓰러뜨렸다는 게 믿기지 않았거든. 어떻게 대장 카르카단이랑 혼자서 싸울 생각을 한 거야?"

고바난은 셈이 무척이나 마음에 든 모양이었다. 하지만 셈은 아직 고바난에 대한 경계를 완전히 풀지 않고 있었다. 그래도 셈은 고바난의 질문에 대답해 주기로 했다. 고바난과 이야기해 보고 싶은 것이 있었기 때문이다.

셈은 자신이 여기까지 오게 된 경위를 고바난에게 설명했다. 고바난이 충분히 이해할 수 있게 많은 정보를 주었지만 너무 자세한 내용까지 이야기하지 않도록 조심했다.

"그래서 말인데 넌 혹시 알고 있니? 누가 카르카단을 끌고 가서 함부로 죽이고 있는지."

셈은 카르카단에게 들은 이야기를 고바난에게 설명한 뒤 고바난에게 질문을 던졌다. 셈과 고바난 사이에 묘한 긴장감이 흐르기 시작했다. 셈은 고바난의 부족이 카르카단에게 무슨 짓을 하고 있는지 알아야 했다. 이제 카르카단의 대장이 되었으니까.

"어디서부터 말을 해야 할지 모르겠네. 카르카단을 데려가는 건 우리가 맞아. 하지만 우리가 카르카단을 죽이는 것은 아니야. 우리는 단지 카르카단이 필요한 곳으로 카르카단을 데려가는 일을 해. 그곳에서는 인간을 지키기 위해, 그리고 카르카단을 지키기 위해 몇몇의 카르카단의 목숨이 희생되고 있는 것 같기는 해. 그것 때문에 카르카단이 화가 난 걸거야."

"뭐? 그럼 결국에는 인간들이 카르카단을 끌고 가서 죽인다는 게 사실이라는 소리네?"

"워, 워, 잠깐 셈. 흥분하지 말고 내 말 먼저 들어 봐. 우린 누구보다도 카르카단을 보호해 주고 싶어 하는 사람들이야. 우리가 정말 카르카단을 죽일 마음을 먹었다면 진작 다 쓸어버릴 수 있었어. 우린 카르카단의 저항에 피해를 입으면서도 카르카단의 마음을 돌이키기 위해서 엄청 노력했어."

고바난에게 악의는 전혀 없어 보였다. 셈 역시 고바난에 대한 느낌이 나쁘지는 않았다. 단지 카르카단을 학대하고 있다는 사실을 용납할 수 없었을 뿐이었다.

"나에게는 전부 핑계로밖에 안 들려. 희생이라니, 모두를 위한다니, 그럴 듯하게 말을 꾸며 대고 있지만 결국 카르카단이 했던 말이 전부 사실인 거잖아? 신성한 계약을 깨 버리고 카르카단을 보호하기는커녕 카르카단을 죽이는 곳으로 카르카단을 보내고 있다니. 난 절대 용납 못 해. 이제부터 누구도 카르카단을 데려갈 수 없을 거야."

고바난은 빙그레 웃었다. 고바난은 셈의 태도가 싫지 않은 듯했다.

"난 너 같은 사람이 좋아. 어떤 상황에서도 낭만을 잃지 않는 사람 말이야. 나도 고백하자면 너와 같은 낭만주의자야. 인간과 동물이 서로 어울리며 행복하게 살아가는 세상, 인간과 인간이 서로 사랑하며 영원히 사는 세상을 항상 꿈꾸고 있어. 그런데 세상을 마주하다 보니 저절로 깨닫게되는 게 있더라.

낭만을 이루기 위해서는 현실을 제대로 봐야 한다는 거야. 현실을 제대로 파악하지 못하면서 낭만을 꿈꾼다면 낭만은 영원히 꿈으로 남게 돼. 인간은 아쉽게도 한 번에 현실을 변화시킬 수는 없어. 하지만 현실적인 계획을 세워서 조금씩 낭만에 가까워져 간다면 난 그 낭만이 현실이 되어 나타나는 것도 가능하다고 믿어.

그리고 몇몇의 카르카단이 희생되는 건 이 현실에서 낭만을 이루기 위해 어쩔 수 없이 필요한 것이라고 말하고 싶어. 궁극적으로 우리는 어떤 카르카단도, 아니 어떤 동물도 희생되지 않는 세상을 꿈꾸고 있어. 하지만 그 꿈을 이루기 위해서 대가가 필요할 뿐이야."

"말만 그럴싸하게 하는 거지, 그건 자기 합리화일 뿐이야. 신성한 계약을 깨고 카르카단을 멋대로 희생시키면서 무슨 낭만 타령이야. 결국 너희는 카르카단을 죽이는 사람한테 카르카단을 데려간다는 거잖아?"

고바난은 목이 타는지 바구니에서 음료를 한 잔 꺼내 마셨다. 그러더니 셈을 보며 물었다.

"난 네가 집을 떠나서 세상에 나온 이유를 알고 싶어. 그걸 이야기해 준다면 네가 알고 싶어 하는 것들을 더 자세히 말해 줄 수 있을 것 같아. 카르카단에 관련된 이야기는 함부로 할 수 없는 이야기라서 말이야."

셈은 잠깐 생각을 한 뒤 입을 열었다. 고바난에게 정보를 얻지 못하면 지금 아무것도 할 수 없을 것 같다는 판단이 들었다.

"내가 막 세상의 신들에 대해 알게 된 이후였어. 신들이 세상을 엉망으로 만들고 있다는 사실도 알게 됐지. 그때 난 고민을 많이 하고 있었어. 세상 밖으로 나가서 신들을 막아야 할지, 아니면 그냥 계속 집에서 숨어 있어야 할지. 그런데 가능님이 내게 이런 말씀을 하시더라고.

'셈아, 의인은 믿음으로 살아간단다. 바랄 수 없는 상황에서도 바라고 보이지 않는 곳에서 보거라.'

난 그 말씀을 듣자마자 집을 나가야겠다고 결심했어. 그래서 집을 나왔지. 신들을 쓰러뜨리러."

고바난은 큰 소리로 웃음을 터뜨렸다.

"하하하하하하. 미안. 나 완전히 너한테 반해 버렸어. 넌 절대 미워할 수 없는 아이야. 신들을 쓰러뜨리겠다니. 역시 보통내기가 아니구나. 너처럼 순수한 마음을 가진 사람에게는 무엇이든 터놓고 이야기해도 되겠지. 나도 너처럼 카르카단을 책임지고 지켜 주도록 할게."

고바난의 표정에서 갑자기 웃음기가 싹 가셨다.

"네가 신들을 쓰러뜨리고 나면."

"그게 무슨 소리야? 카르카단이랑 신이랑 무슨 상관인데?"

고바난은 자세를 고쳐 앉았다.

"좋아. 이제 내가 이야기를 해 줄 차례네. 일단 내 말을 다 듣고 나서 대화를 다시 해 보자. 넌 혹시 샛별회라는 곳을 알고 있어?"

"샛별회? 그게 뭐야?"

"역시 모르는구나. 샛별회는 비밀결사야. 인간이 신들에게 대항하기 위해 만들어졌지. 지금부터 내가 말하는 건 아무한테도 말하면 안 돼. 약속해. 아무한테도 이야기하지 않겠다고."

"좋아. 약속할게."

"나도 샛별회의 일원이야. 이건 준수만 알고 있는 사실이야. 널 이해시키려면 샛별회를 알려 줘야 할 것 같아서 어쩔 수 없이 말해 주는 거야. 샛별회는 위험한 일을 다루는 만큼 보안을 철저히 해. 그래서 같은 회원이라도 서로가 서로를 잘 알지 못하지. 서로 무슨 일을 하는지도 알 수 없어. 설사 같이 활동을 해야 하는 경우가 있더라도 가면을 쓰거나 두건을 써서 얼굴을 알아볼 수 없게 하기 때문에 같은 회원이라도 서로를 알 수가 없어. 모두를 보호하기 위한 어쩔 수 없는 조치인 거야.

신들에게 대항한 사람은 그 사람뿐만 아니라 그와 관련 있는 모든 사람이 모조리 몰살당하니까. 이렇게 비밀리에 감춰져 있다고 해서 영향력이 없는 건 아니야. 지금 인간 세상에서 가장 큰 영향력을 가지고 있는 단체가 바로 샛별회니까. 인간 중에서 가장 지혜롭고, 강하고 뛰어난 사람들이 모두 샛별회에 소속돼 있어. 그 규모도 어마어마하지. 그래서 샛별회의 존재는 암암리에 모두가 알고 있어. 샛별회가 존재한다는 것 외에 모든 것은 베일에 감춰져 있지.

샛별회가 인간 사회에서 절대적인 위치에 있기 때문에 모든 인간이 샛별회 아래서 살아간다고 해도 과언이 아니야. 예를 들어 내가 샛별회 일원이면서 이 부족의 부족장으로 있는 경우가 이를 잘 설명해 줄 것 같아. 난 항상 부족을 샛별회가 원하는 방향으로 이끌어 가. 결국 부족원이 샛별회는 아니지만 샛별회가 주는 임무를 충실히 수행하고 있는 셈이야.

그런데 샛별회 회원들도 자신의 임무 외에는 샛별회에 대해 모르는 건 매한가지야. 샛별회가 어떤 계획을 세우는지 아무도 알 수 없어. 샛별회의 회장인 '샛별님'만 모든 것을 알고 있지. 샛별회가 정확히 언제 만들어 졌는지도 불분명해. 인간들이 신들에게 크게 대항한 사건이 크게 두 번 있었어. 너도 아마 알겠지. 제1차 신들의 전쟁 때 지금 신들이 이전 1세대 신들과 대항하기 위해 인간의 힘을 빌리려고 한 적이 있었어.

그때 인간들은 2세대 신들에게 힘을 빌려주면서 1세대 신들에게 대항 했지. 이 전쟁은 온 세상에 큰 재앙이었지만 인간들에게 좋은 점도 있었 어. 인류 역사 처음으로 신들의 지혜가 인간에게도 흘러 들어오기 시작 한 거야. 그리고 네가 아는 2차 신들의 전투 때 역시 마찬가지야. 많은 사 람들이 염제의 편에 서서 신들에게 대항했지.

물론 이 사건 역시 큰 재앙이었어. 신들에게 대항한 인간들도 대부분 죽어 나갔지. 그런데 염제가 전해 준 지식과 신들 간의 전쟁 중에 흘러들 어 온 지식 덕분에 인간은 어마어마하게 발전했어. 샛별회가 정확히 언 제 생겼는지는 논쟁이 많아. 1차 신들의 전쟁 때 샛별회가 활약했다고 하 는 사람들이 있는데 내가 볼 때 그건 말 같지도 않은 소리야. 사실 인간들 이 그 전쟁에서 한 일은 없거든.

2차 신들의 전쟁 때 샛별회가 조직되어서 염제를 도왔다는 말도 있어. 나름 그럴 듯하지만 이것도 조금만 생각해 보면 상식에 어긋나는 것을 알 수가 있어. 그때 사람들은 염제신에게 은혜를 입어 안전하게 살아갈 생 각 외에는 할 수 없는 상황이었어. 신들과 싸우는 것은 상상도 못했지. 단 지 염제를 섬기는 사람들이 염제가 신들과 싸움을 벌이는 바람에 같이 휘 말린 거지. 인간이 신들을 대항할 조직을 만들고 어쩌고 할 수 있는 수준 은 절대 아니었어.

뭐 어쨌든 염제를 돕던 사람 중에 살아남은 사람들은 모두 샛별회에 들어오게 되었으니까 샛별회가 그때부터 시작했다는 말도 이해는 가. 그리고 이건 내가 믿고 있는 샛별회의 유래인데, 이 이론이 사실일 거야. 나머지 말도 안 되는 이론들은 샛별회의 존재를 감추기 위해 만든 연막에 불과해. 2차 신들의 전쟁이 끝난 직후 염제에게 배운 지식과 신들에게 흘러들어 온 지식으로 인간의 능력을 뛰어넘는 사람들이 생겨나지.

그리고 온 인류가 신들에게 고통을 당하면서 겉으로는 표현하지 못해도 마음 깊숙한 곳에 다들 신들에 대한 불만이 생겨. 그때 신들의 지식 일부를 가지게 된 사람들끼리 비밀리에 모여. 그들이 서로 의견을 교환했는데 인간이 강해지지 못한다면, 영원히 신들에게 고통받다가 결국 멸망해 버릴 것이라는 결론에 도달하게 되지. 그래서 인간의 지식과 지혜를 끊임없이 발전시키는 동시에 온 인류를 하나로 묶는 것만이 신들의 위협에 대항할 수 있는 유일한 방법이라는 의견이 모이게 돼.

결국 그들은 비밀결사를 만들고 그 목표를 향해 나가고 있는 거야. 솔직히 신들을 전부 쓰러뜨리는 것은 불가능해. 하지만 인간이 더 발전하고 모두가 하나로 뭉치게 된다면 신들이 인간을 함부로 대하지 못하게 만들 수는 있을 거야. 그땐 인간이 더 자유로워질 수 있는 거라고.

내 업무는 매년 카르카단을 샛별회에 이송하는 거야. 그 이후에는 어떻게 되는지 난 아는 게 없어. 그런데 카르카단이 분노하는 것을 보면 샛별회에 간 카르카단 무리 중에 죽는 경우도 있는 것 같아. 그것도 결국 인간과 동물을 위한 일을 하다가 그렇게 된 것일 거야. 내가 너에게 해 줄 수 있는 말은 여기까지야."

셈은 새로 알게 된 비밀을 소화시킬 시간이 필요했다. 보이코는 셈과 고바난의 이야기에는 아무런 관심이 없는지 커다란 바구니에 담긴 음식들을 닥치는 대로 입에 쑤셔 넣고 있었다.

"그래서 넌 카르카단의 죽음에 대해 전혀 책임이 없다는 거야? 샛별회가 카르카단을 죽이고 있다면 결국 너도 그 일에 동조하고 있는 거잖아."

"맞아. 나도 그 사실을 부정하지 않겠어. 그래도 어쩔 수 없어. 인간이 스스로 자신을 지킬 수 있을 만큼 강해지지 않는 이상 우리의 운명은 하루살이에 불과해. 신들의 전쟁 때문에 생명체의 절반 이상이 죽어 버렸어. 그런데 만약 신들이 어떤 이유에서든지 인간을 공격하려고 한다면 어떻게 될 것 같아? 우린 더 강해져야 해. 신들로부터 보호할 힘을 가지기 위해서 몇천 년의 시간이 필요할 수도 있어.

그동안 어쩔 수 없는 희생이 생기기도 하겠지. 하지만 일단 샛별회가 목적을 달성하게 된다면 그 이후부터 어느 누구도 희생할 필요가 없어질 거야. 신들에게도, 인간들에게도. 네가 어떻게 생각할지 모르겠지만 나도 너와 비슷한 꿈을 꾸는 사람이야. 난 신들로부터 자유로운 삶을 꿈꿔. 인간이 진정으로 동물들을 보호해 줄 수 있는 날을 상상하곤 해. 그런데 그건 무언가를 희생하지 않고는 절대 불가능한 법이야.

지금 몇몇의 카르카단이 희생하지 않으면 결국 남은 카르카단을 비롯해서 모든 생명체가 위험에 처하게 되는 거야."

셈은 고바난의 말이 끝나기가 무섭게 받아쳤다.

"네가 말하는 것은 샛별회인지 뭔지 하는 단체의 의견에 불과해. 생각해 봐. 카르카단 입장에서 신들이나 인간이나 다를 게 뭐야? 자기를 보호해 주지도 않고 함부로 다루는데. 꼭 발전을 하기 위해서 누군가가 희생을 당해야 해? 그리고 그렇게 한다고 인간이 신들로부터 스스로 보호할 수 있게 된다는 보장이 있어?"

"그래. 네 마음도 충분히 이해해. 그런데 네가 더 나이가 들고 세상을 더 깊게 경험하면 내 마음을 이해하게 될 거야. 사실 신들과 같은 힘을 얻게 되는 것은 불가능해. 그래서 샛별회의 목표도 신들이 인간을 함부로 하지 못하게 하는 것에 불과한 거지. 물론 이것조차 불가능할 것이라고 보는 사람이 많아. 하지만 우린 마지막까지 희망을 잃지 않으려고 하는 거야. 우리 세대는 불가능하더라도 올바른 방향으로 나아간다면 먼 후세에서는 가능하게 될지도 모를 일이니까. 하지만 누군가의 희생 없이 희망이 현실이 되는 것은 불가능해."

"좋아. 난 다른 건 모르겠고 난 이미 카르카단을 지켜 주기로 약속했어. 샛별회든 누구든 간에 카르카단을 해치려고 한다면 난 그대로 보고 있을 수만은 없어."

고바난은 바구니에서 조용히 사과만 한 포도송이 두 개를 꺼냈다. 그리고 셈에게 하나 건네며 나머지 하나는 자기가 한 입 베어 물었다.

"셈. 너무 나에게 너무 적대감을 갖지 말아 줘. 일단 이것도 좀 먹으면서 천천히 여유를 갖고 대화를 해 보자고. 난 최대한 널 도와주고 싶어. 내가 생각할 때 우리가 원하는 건 똑같아. 단지 방법이 조금 다를 뿐이야. 그래서 난 너랑 좋은 관계를 유지하면서 필요할 때 서로서로 도울 수 있었으면 좋겠어. 네가 샛별회를 도와주든 반대하든 난 존중할 수 있어. 그러니까 너도 마음을 열어 줘. 나도 너한테 내 비밀을 털어놨잖아?"

셈은 고바난이 나쁜 마음을 가지고 있는 사람이 아니라는 것은 계속 느끼고 있었다. 하지만 그럼에도 동물을 함부로 희생시키고 신성한 계약을 이행하지 않는다는 게 마음에 걸렸다.

"난 신성한 계약을 가볍게 여기는 사람을 믿을 수 없어. 카르카단을 샛별회에 보내는 것부터 멈춰. 그럼 나도 널 믿을 수 있을 것 같아."

샘의 말에 고바난은 미간을 살짝 찌푸리며 무언가 골똘히 생각했다. 고바난의 심적인 갈등이 얼굴에 그대로 드러났다.

"카르카단을 샛별회에 보내는 것은 샛별회 일원으로서 내 임무야. 그건 힘들겠어. 그리고 이건 내 꿈을 이루기 위한 행동이기도 해. 난 이 임무가 결국 내 친구들과 카르카단을 지켜 줄 거라고 믿으니까. 이건 네가 존중해 줬으면 좋겠어. 그런데 네가 원하는 건 카르카단이 무고하게 죽지 않는 거잖아? 그건 내가 최대한 도움을 줄 수 있을 것 같아. 네가 원한다면 내가 카르카단을 데려가는 곳까지 안내해 줄 수 있어."

"좋아. 네가 도와줄 수 있는 게 그것뿐이라면 그거라도 좀 부탁할게. 그런데 넌 왜 카르카단을 옮기는 일을 기어코 하려는 거야? 다른 일을 할 수도 있잖아."

"샛별회에서는 내 직분이나 직업을 내 멋대로 선택할 수 없어. 주어진 임무를 수행할 뿐이야. 샛별회의 계획이 바깥으로 누설되지 않기 위한 장치라서 어쩔 수 없는 부분이지. 그리고 샛별회 일원으로 샛별회의 임무를 일부러 하지 않는다는 게 밝혀지면 죽어."

"죽는다고?"

"응. 우리는 우리의 행동 하나하나가 인류의 운명을 좌우할 수 있다고 믿고 있어. 그래서 일부러 임무를 하지 않거나 샛별회를 배신하는 행위를 하면 죽는 게 법이야. 샛별회에 들어가기 전에 모두가 샛별회의 법을 목숨 걸고 지키겠다고 서약을 하고 들어가."

"그럼 네가 날 도와줘도 괜찮은 거야?"

"원칙적으로는 안 돼. 그래서 내가 널 숨겨서 데려갈 거야. 물론 들키면 너도, 나도 죽게 되겠지. 그래도 괜찮겠어?"

셈은 덜컥 겁을 먹었지만 마음을 다잡으려고 노력했다. 신들을 쓰러뜨려야 하는데 샛별회 따위에 겁을 집어먹어서는 안 될 노릇이다. 그리고 신성한 계약조차 이행하지 않으면서 가능님의 도움을 바랄 수는 없다. 셈은 어떻게 해서든 카르카단과의 약속을 지켜야겠다고 마음을 먹었다.

"그래. 걱정 마. 난 안 죽어. 카르카단과의 약속도 지키고, 신들도 쓰러뜨릴 거야."

고바난은 씩 웃었다.

"그 배짱은 정말 마음에 든다. 어렸을 때 나보다 더 배짱 있는 놈은 네가 처음이야."

고바난은 자리에서 일어났다.

"이제 어느 정도 대화가 마무리된 것 같은데. 이제 더 푹 쉬어. 앞으로 더 험난한 일들이 기다리고 있을 테니까. 네가 어떻게 샛별회에 잠입할 수 있을지 내가 다음에 천천히 알려 주도록 할게. 하루아침에 전부 설명할 수 있는 게 아니니까."

생각 읽기

    일주일 정도가 지나자 셈의 몸은 완전히 회복되었다. 피로도 풀렸고 힘도 상처가 나기 이전처럼 돌아왔다. 고바난이 부족장으로 있던 그 부족은 유목민이라고 했다. 소와 양을 비롯한 동물을 주로 키우며, 사는 곳을 계속 이동하는 부족이었다. 그렇다고 완전히 새로운 땅으로 나가지는 않는다고 했다. 몇 년을 주기로 계속 같은 곳을 돌아다녔다.

    그래서 집이 크지 않았다. 셈이 이전에 보지 못했던 집의 형태였다. 움막처럼 생겼고 집들이 오밀조밀 모여 있었다. 보통 집과 집 사이에 많은 공간이 있기 마련인데 이곳의 집은 몇 분이면 다른 집으로 쉽게 걸어갈 수 있을 만큼 간격이 좁았다. 그 집들이 모여 하나의 커다란 집을 이루는 것처럼 보였다.

    그리고 집이 모여 있는 곳을 벗어나면 커다란 목장이 있었다. 그곳에서 동물이 뛰어놀며, 풀을 뜯고 싶을 땐 풀을 뜯고, 자고 싶을 땐 잠을 잤다. 고바난은 샛별회의 지령에 따라 언제든지 이동을 할 수 있어야 하기 때문에 유목 생활을 택했다고 말했다. 셈은 그곳에 머무르며 고바난과 매일 같이 상의했다.

준수는 주로 정찰하는 일을 한다. 그래서 집도 따로 떨어진 곳에서 지냈고, 집에도 자주 들어오지 않았다. 고바난의 말을 빌리면 준수는 이 땅의 경계 부분을 다니며 정찰을 한다고 했다.

이 땅은 에녹의 후손이 거주하고 있어서 아직은 많이 타락하지 않은 편이라고 한다. 이 땅을 벗어난 곳은 신들이 지배하고 있기 때문에 이곳과는 차원이 다른 세계가 펼쳐질 것이라고 말했다. 고바난은 준수에게 셈과 함께 세우고 있는 계획을 말하지 않았다. 준수는 샛별회의 일원이 아니기 때문이었다.

고바난은 준수에 대해서 셈에게 더 자세히 알려 주었다. 준수는 샛별회가 괴수와 전투를 벌일 때 샛별회의 용병으로 전투에 참여했다. 하지만 그 전쟁으로 가족을 잃은 뒤 세상을 등지고 이곳으로 숨어들었다. 준수는 샛별회가 무모한 싸움을 주도하는 바람에 자신의 가족을 잃었다고 생각했다. 그래서 샛별회와 엮이고 싶지 않아 했다.

고바난은 샛별회에 대해 최대한 많은 것을 알려 주었다. 예를 들어 샛별회의 회원들끼리는 서로를 '별'이라고 부르는 것, 간부들은 '길잡이'라고 부르고 '샛별님'은 샛별회의 수장이라고 한다는 것이다. 샛별회에서는 서로가 서로를 모르기 때문에 고바난이 도와준다면 오히려 잠입하기는 어렵지 않을 것이라고 했다. 그러면서 고바난은 샛별회에 잠입한 이후에 어떻게 할 것인지 셈이 직접 결정해야 한다고 말했다.

고바난은 매년 새해가 되면 샛별회에 카르카단의 새끼 중 튼튼한 녀석들과 무리에서 가장 젊고 건장한 녀석들을 데려갔다. 그리고 그때가 셈이 샛별회에 잠입할 수 있는 절호의 기회였다. 셈과 고바난은 아무도 없는 숲속을 매일 걸으며 천천히 계획을 완성시켜 나갔다.

"일단 시간은 아직 많이 있어. 새해가 밝기 전까지 준비를 마치면 되는 거니까. 그전까지 우리가 할 수 있는 최선의 준비를 하는 거야. 그리고 나머지 일은 가능님의 뜻에 맡겨야 해. 우리 힘으로 어찌해 볼 수 없는 일도 있으니까. 혹시 샛별회에 잠입하고 나서 어떻게 할 건지 생각해 봤어?"

"아니. 아직 아무것도 모르겠어. 어떻게든 이런 짓을 계획한 녀석을 찾아서 결판을 내야겠지."

"만약에 카르카단과 관련된 일을 길잡이가 하고 있으면 어떡할 건데? 길잡이랑 마주쳐야 한다면 그 일에서 빨리 손 떼고 도망쳐 나와. 그건 어쩔 수 없는 거야. 길잡이라면 너의 정체도 금방 알아내고 말 거야."

"내가 길잡이를 설득할 수 있는 방법은 없을까? 샛별회가 나쁜 곳이 아니라면 더 이상 카르카단을 해치지 못하게 설득할 수도 있지 않아?"

"오…… 셈. 절대 그 방법은 생각하지 않는 게 좋을 것 같아. 물론 네가 카르카단을 보호하려는 것을 나쁘게 생각하지 않을 거야. 그런데 내가 말했듯이 샛별회는 보안을 목숨처럼 지키는 곳이야. 네가 몰래 잠입을 했다는 것 자체만으로 그들은 어쩔 수 없이 너를 죽여야 할걸. 그러니깐 절대 정체가 탄로 날 짓은 하면 안 돼. 이 계획의 주동자를 만나서 조심스럽게 설득해 봐. 그게 최선이야. 그런데 셈. 아직 대답을 안 한 것 같은데. 절대로 길잡이를 만날 만큼 깊숙이 들어가선 안 돼. 알겠지?"

셈은 아무런 말을 하지 않았다.

"후…… 내가 너 때문에 정말 미치겠다. 다른 사람이 생각 읽으려고 할 때 막는 방법 알아?"

"아니? 난 그런 거 들어 본 적도 없는데."

"일단 내가 마지막으로 한 번만 더 경고할게. 절대 길잡이와 마주치지 마. 그런데 만약에라도, 네가 최대한 조심했는데 정말 어쩔 수 없이 마주치는 경우가 있을 수 있으니까. 그때를 대비해야겠다. 길잡이들은 우리의 정체를 거의 정확히 파악해. 생각을 읽을 수 있는 기술을 가지고 있기 때문이지.

그러니까 당분간 넌 생각 읽는 기술 막는 방법을 나랑 익혀 두는 게 좋을 것 같아. 네 생각이 읽혔다가는 우리 둘 다 죽기 십상이야. 물론 네가 생각 읽기 기술을 방어할 수 있게 됐다고 해도 안심해서는 안 돼. 길잡이는 너의 방어를 뚫을 수 있는 능력이 있을 거야. 게다가 생각 읽기 말고 다른 방법으로 사람의 정체를 알아낼 수 있는 거라면 나로써도 더 이상 널 도와줄 수 있는 게 없어."

고바난은 천천히 걷다가 그 자리에 멈춰 섰다.

"그럼 시간이 날 때마다 내가 훈련을 도와줄게. 말 나온 김에 지금부터 시작하자. 일단 네 꿈에 날 초대해 줘. 나도 꿈이 아니면 생각 읽기를 할 수 없으니까."

고바난과 셈은 자연스럽게 그 자리에 앉았다. 셈은 이제 잠을 쉽게 컨트롤할 수 있게 되었다. 순식간에 꿈의 상태로 돌입했다. 셈은 모든 것이 가능한 방에 고바난을 불렀다. 고바난은 현실에서 앉아 있는 그 모습 그대로 셈의 꿈속에 나타났다. 고바난이 셈의 꿈속으로 들어오자 눈을 뜨고 일어나서 방을 한 번 둘러보았다.

"오! 정말 대단한 곳이구나. 이런 데서 훈련하면 어떤 기술이든 순식간에 터득할 수 있을 것 같아."

고바난은 벽에 있는 넝쿨도 손으로 한번 쓰다듬어 보았다. 그리고 벽쪽에 있는 망치도 이리저리 둘러보았다.

"그냥 평범해 보이는 망치인 줄 알았는데 전혀 아니었구나. 네가 카르카단을 쓰러뜨린 비결을 이제 좀 알 것 같다."

고바난은 방을 한 번 둘러본 뒤 다시 셈 앞에 섰다.

"자. 이제 훈련을 시작해 보자. 일단 생각 읽기의 원리에 대해 좀 설명해 줄게."

고바난은 말을 마친 뒤 조용히 눈을 감고 인상을 찌푸리며 무언가에 집중했다. 그러자 방 안은 다양한 색깔의 이상한 파장으로 채워지기 시작했다. 그런데 그 파장들은 셈과 고바난의 머리 위로 나눠지며 하나로 뭉쳤다. 고바난이 눈을 떴을 때 셈의 머리에서부터 하늘 높은 곳까지 그 파장이 높게 뻗어 있었고, 그것은 고바난도 마찬가지였다.

"네 머리에서 하늘까지 뻗어 있는 파장이 보이지?"

고바난이 입을 열었다.

"이게 바로 생각의 줄기야. 생각이라는 것은 자기 스스로 만들어 내는 것이 아니야. 더 높은 차원에 있는 세상에서 생각을 만들어 내지. 그럼 우리의 영혼이 그 생각을 육신으로 가져오는 거야. 결국 그 사람의 영혼이 어떤 생각을 가져오는지 알아낼 수 있으면 생각도 읽을 수 있어."

고바난은 셈의 머리 위에 있는 파장에 손을 뻗었다. 그리고 그 파장을 손으로 끌어다가 자신의 머리로 가져왔다. 셈의 머리로 가던 파장이 또 다른 줄기를 내어서 고바난의 머리로 들어가고 있었다. 셈은 아주 이상

한 기분이 들었다. 자신의 혼이 고바난에게 빨려 들어가는 듯했다.

"자, 조금이지만 내가 너의 생각을 읽고 있어. 내가 생각을 읽지 못하게 하려면 너의 생각의 줄기가 나에게 오지 못하도록 막아야 해."

셈은 눈을 감고 집중했다. 셈은 고바난과 무언가를 공유하고 있다는 것을 느낄 수 있었다. 셈은 다시 눈을 뜨고 고바난에게 가는 생각의 가지를 끊으려고 손을 뻗었다. 하지만 그것은 손으로 만져지지 않았다.

"생각의 가지는 원래 눈에 보이지 않아. 꿈속에서는 영안이 열려 있어서 보이는 거지. 손으로 그냥 잡아내기는 쉽지 않을걸."

셈은 다시 집중했다. 눈에 보이지 않는 것을 느끼기 위해 모든 촉각을 곤두세웠다. 셈은 생각을 느껴 보려고 했다. 하늘에서 내려오고 있는 어떤 무형의 물질을. 그리고 다른 곳으로 새어 나가고 있는 생각을. 셈은 자신의 생각의 줄기에서 고바난의 방향으로 흘러가는 생각의 가지를 느낄 수 있었다. 셈은 줄기에서 가지가 뻗어 가지 못하도록 흐름을 막으려 했다.

다시 손을 뻗어 고바난으로 향하는 가지를 잡았다. 이번에는 확실히 생각의 가지를 손으로 느낄 수 있었다. 머리와 손에 집중해 가지가 뻗어 나가지 못하게 방해했다.

"좋아. 드디어 어느 정도 할 수 있게 됐네."

고바난 쪽으로 향하던 가지가 사라졌다.

"하지만 나도 너에 대해서 좀 더 알아낼 수 있었어. 이 방에서 꿈으로 다른 사람을 부르는 연습을 했구나?"

고바난은 빙긋 웃었다.

"이제 우리는 서로 시간 날 때마다 이걸 연습할 거야. 현실에서도 사용할 수 있도록 해야 하니까. 네가 정말 길잡이를 만나게 된다면 생각이 읽히는 것을 막기는 훨씬 더 어려울 거야. 길잡이는 나와 비교할 수 없을 정도로 강하니까."

고바난의 몸이 서서히 사라기지기 시작했다.

"자. 이제 일어나자. 다음에 또 연습하자고."

상자 속

셈은 보이코와 마을 인근을 탐방하고, 고바난과 훈련을 하며 시간을 보냈다. 주기적으로 카르카단 무리를 찾아가서 그들에게 계획을 알려 주고 협조를 구했다. 처음 만났을 때는 매우 거칠었던 동물이었지만 셈을 대장으로 인정한 이후부터 카르카단 무리는 순한 양이 되었다. 셈의 계획에 모두가 적극 협조했으며 셈을 지나칠 정도로 신뢰했다.

셈은 우선 샛별회에 데려갈 카르카단을 선별해서 분리했다. 암컷 수컷을 합해 100마리의 건강한 카르카단을 뽑았고 나머지 100마리는 샛별회에 데려갈 즈음에 태어나는 어린 카르카단을 데려가야 했다. 셈은 선별된 100마리를 뽑아 특훈을 시켰다.

시간이 흘러 어느덧 셈이 카르카단을 샛별회에 데려가야 할 때가 코앞으로 다가왔다. 고바난과 부족원은 나무로 커다란 상자를 만들었다. 상자에는 바퀴를 네 개 달았다. 새끼 카르카단을 담을 상자였지만 셈이 숨어 있기 위한 공간이기도 했다.

상자에는 간신히 안을 들여다볼 수 있는 손바닥만 한 작은 구멍 하나와 문이 있었다. 밖에서 그 구멍으로 상자 속 구석구석을 볼 수는 없었다.

고바난은 셈에게 샛별회 일원이 가지고 다니는 구슬이 달린 지팡이 하나와 신분을 확인시켜 줄 쇠로 된 동전 모양의 신분증을 주었다. 그리고 얼굴과 몸 전체를 가릴 두건을 건네주었다.

"이건 내 옛 친구인 유신이라는 사람이 가지고 있던 거야. 나와 같이 샛별회에 들어갔었지. 샛별회의 임무를 수행하려고 괴수와 싸우다가 죽고 말았어. 난 그 전쟁터에서 겨우 이 녀석 유품만 가지고 도망 나왔고. 이것들만 가지고 있어도 별들은 널 샛별회의 일원으로 생각할 거야."

셈은 고바난이 주는 물건을 받아들었다.

"다시 연습해 보자. 최대한 어색하지 않게 행동해야 해."

셈은 고바난이 건넨 옷을 입고 망토 안에 있는 주머니에 신분증을 넣었다. 그리고 지팡이를 손에 집어 들었다. 셈은 온몸이 가려졌고 지팡이를 쥐고 있는 손만 간신히 보였다.

"안녕, 인간들의 별. 네가 별이라는 증거를 보여 줘."

고바난이 입을 열었다. 셈은 주머니에 있는 신분증을 손에 꼭 쥐고 고바난 앞에 주먹을 내밀었다.

"여기 내 손에 별의 증표가 있어. 하지만 난 별이 아니면 증표를 보여 주지 않지."

고바난은 셈에게 주먹을 내밀었다. 그리고 두 사람이 지팡이 가장 위에 있는 구슬을 서로 살짝 부딪쳤고, 그와 동시에 주먹을 열어 보였다. 두 사람의 손에는 동전 모양의 신분증이 놓여 있었다. 그리고 지팡이에 있는 서로의 구슬을 상대방의 신분증에 갖다 댔다. 그러자 구슬이 투명한 파란색으로 변하기 시작했다.

"좋아. 정말 자연스러웠어, 셈. 샛별회 일원을 마주친다면 이렇게 행동하면 돼."

고바난은 쓰고 있던 두건을 젖히고 얼굴을 내보였다.

"길잡이들은 구슬이 무슨 색으로 변한다고 했었지?"

"붉은색."

"그럼 샛별님은?"

"검정색."

"맞아. 그 외에 다른 색은 전부 침입자들이야."

고바난은 두건을 완전히 벗고 지팡이를 도로 가져다 놓았다. 셈 역시 두건을 벗어던지고 지팡이도 내려놓았다.

"사실 길잡이나 샛별님은 굳이 확인을 하지 않아도 알 수 있을 거야. 나도 길잡이를 몇 번 만나 봤는데 영력이 너무 강해서 별이랑은 차원이 다른 오라를 뿜어내거든. 그래도 일부러 오라를 숨기고 접근할 수 있으니까 방심해선 안 돼."

고바난과 셈은 카르카단의 거처까지 걸어갔다. 전열을 정비해야 하고, 출발 준비를 마쳐야 했기 때문이다. 고바난은 에녹의 후손이 살고 있는 땅의 경계까지 카르카단을 이송해야 했다. 그곳에서 카르카단을 다른 별에게 넘겨주는 것이 임무였기 때문이다. 그곳까지는 3일 정도 걸리므로 새해가 되기 3일 전에 출발을 해야 했다.

셈은 카르카단의 거처에서 샛별회에 가게 될 카르카단을 점검했다. 그리고 샛별회에 데려갈 카르카단 새끼들도 한 번 둘러보았다. 새끼를 담은 상자는 카르카단이 10마리씩 교대로 끌게 될 것이다. 그리고 셈은 카르카단과 마지막으로 계획을 다시 점검했다. 셈은 카르카단 무리에게 지금 샛별회에 가게 될 카르카단은 잡혀간 카르카단과 함께 다시 돌아오게 만들 것이라고 약속했다.

셈은 이전 대장 카르카단의 아들을 부대장으로 지목했다. 그 이후에 셈과 고바난은 조심스럽게 새끼를 상자 안으로 담았다.

"셈, 내가 도와줄 수 있는 건 널 이 상자에 숨겨서 카르카단이 가게 될 곳으로 갈 수 있도록 하는 거야. 내가 일러 준 방법도 소용이 없을 수가 있어. 그러니깐 그곳에 도착하고 나서는 네가 모든 걸 결정하고 행동해야 해. 알겠지?"

고바난이 입을 열었다.

"알고 있어. 나도 생각해 둔 게 있으니까 걱정하지 마. 잘될 거야."

셈과 고바난은 새끼 카르카단을 전부 상자에 집어넣은 후 처소로 돌아왔다. 인적이 드문 저녁에 출발할 계획이었기 때문에 낮에 마지막 최종 점검을 했다. 필요한 짐을 모두 확인하고, 계획을 다시 되뇌었다.

날이 저물기 시작하자 셈과 고바난은 이제 떠날 채비를 했다. 그리고 셈은 고바난에게서 받은 무기를 보이코에게 주었다. 그 무기는 늙어서 죽은 카르카단들의 앞쪽 뿔을 가져다가 만든 기다란 발톱이었다. 보이코 역시 갑옷 역할을 하는 가죽 옷을 입고 몸 앞에 차고 있는 주머니에 무기를 넣었다.

"작년 이맘때만 해도 카르카단을 데려가려면 엄청난 사투를 벌여야 했는데. 이렇게 조용히 데려갈 수 있는 게 신기할 따름이네."

고바난이 말했다.

"이것도 오늘이 마지막이 될 거야."

셈이 말했다.

셈과 고바난은 맨 앞에 있는 카르카단의 등에 올라탔다.

"이제 가자, 얘들아."

셈이 말하자 선두를 따라서 카르카단의 떼가 움직이기 시작했다. 열 마리의 카르카단은 두 마리씩 나란히 짝을 지었으며 모두가 발을 맞춰 바퀴가 달린 큰 상자를 선두 뒤에서 끌고 갔다. 보이코는 셈의 오른쪽에서 걸었다.

어두워서 아무것도 보이지 않았지만, 그들은 별빛에 의존해 길을 찾아 갔다. 사람들에게 최대한 보이지 않기 위해서 어쩔 수 없이 불을 켜서는 안 된다고 한다. 그들은 마을과 충분히 멀리 떨어질 때까지 쉬지 않고 걸어갔다. 인적이 드문 곳에 이르러서야 휴식을 취했다.

셈은 점점 목적지에 가까워질수록 긴장이 되었다. 긴장을 하면 오히려 정체가 들통나기 마련이므로 마음에 평화를 유지하려고 애썼다. 어제까지만 해도 훌륭하게 모든 일을 다 완수할 수 있을 거라고 생각했지만, 막상 샛별회에 가까워질수록 걱정이 되기 시작했다.

'카르카단과의 약속을 지키지 못하면 어떡하지?'

인생은 불확실함의 연속이다. 절대로 불가능한 일도, 절대로 가능한 일도 존재하지 않는다. 불가능할지 가능할지는 일단 해 봐야 알 수 있는 법이다. 그렇기 때문에 인생에서 불가능한 측면만 바라본다면 살아가면서 할 수 있는 일은 아무것도 존재하지 않는다. 셈은 신들을 쓰러뜨리기로 마음을 먹은 순간부터 삶의 무궁무진한 가능성에 집중하기로 결정을 내

166

렸다. 지금 셈 앞에 놓여 있는 일도 마찬가지다. 가능성과 불가능성이 동시에 존재하더라도 가능성에 집중을 해야만 셈은 목표를 향해 앞으로 나아갈 수 있다. 불가능성을 바라본다면 셈은 제자리걸음만 하다 가능성과 함께 죽을 것이다.

셈은 마음을 다 잡았다. 셈이 믿는 신은 모든 것이 가능한 가능신이다. 셈의 신이 가지고 있는 가능성을 보고 간다면 불가능한 상황에서도 항상 새로운 가능성이 생기리라. 셈은 가능님이 자신을 세상에 보냈으므로 그가 하는 모든 일에 가능님이 함께할 것이라고 생각했다. 어느덧 목적지에 거의 가까워졌다.

"셈, 이제 넌 숨어야 해. 꼭 성공하길 바라."

셈과 고바난은 두건을 눌러쓰고 지팡이를 집었다. 고바난은 카르카단 위에 올라탔고 보이코와 셈은 카르카단의 새끼가 있는 상자 안으로 들어갔다. 상자는 4층으로 되어 있었다. 셈과 보이코는 맨 위층으로 올라가서 누웠다. 앉기에는 상자가 너무 낮았기 때문이다. 상자의 문이 닫히자 카르카단의 무리는 다시 움직이기 시작했다. 셈은 누워서 마음을 비워 내려고 했다. 다시 밖으로 나온다면 자연스럽게 물 흐르듯 움직여야 한다.

샛별회 일원이 아니라는 어떤 작은 몸짓조차 드러나지 않도록. 머릿속에서 수많은 가능성을 생각해 보던 도중 카르카단이 멈춰 섰다.

"안녕, 인간들의 별. 네가 별이라는 증거를 보여 줘."

상자 밖에서 낯선 소리가 들려왔다.

"여기 내 손에 별의 증표가 있어. 하지만 난 별이 아니면 증표를 보여 주지 않지."

셈은 상자 안에서 귀를 바짝 기울이고 있었다. 잠깐의 침묵이 흐른 뒤

두 사람이 동시에 말을 꺼냈다.

"그동안 잘 있었어?"

"이게 얼마만이야. 1년 만이구먼."

"사나운 녀석들 데려오느라 힘들 텐데 매번 고생이 많네."

"너도 마찬가지겠지."

둘은 웃으며 잠깐 동안 대화를 나눴다.

"그런데 친구. 혹시 이 카르카단이 어떻게 되는지 알고 있어? 말을 해선 안 된다면 말 안 해도 돼. 그냥 궁금해서 한 번 물어보는 거니까."

고바난이 입을 열었다.

"그래. 그 마음 나도 이해 못하는 건 아니네. 알고 있어도 알려 줄 수 없겠지만 나도 잘 모른다네."

"그럼 이 녀석들은 어디로 가는 거야? 샛별회에 가는 건가?"

"자세한 것은 알려 줄 수 없네. 샛별회 중앙 본부로 가지는 않아. 더 이상은 나도 알려 줄 수 없네. 샛별회의 원칙이 있지 않나."

"아, 물론 그건 알지. 그래도 궁금한 건 어쩔 수 없더라고."

"그래. 나도 마찬가지긴 하네. 뭐, 지위가 더 올라가면 알게 될 수도 있겠지."

"그럼 너는 길잡이를 만나러 가는 거야? 난 우리가 하는 게 길잡이들이 시키는 것과 관련 있는 건지 헷갈려."

"길잡이? 흠…… 나도 잘 모르겠네. 난 길잡이를 만나러 가는 게 아니라서. 일의 규모를 봤을 때 길잡이가 주도하는 일이 아닐까 싶네만. 나도 알 수가 없네. 뭐. 어쨌든 이야기는 여기까지만 하세. 더 이야기하다가 잘못하면 큰일을 치르겠네."

"그래. 나도 사고 칠 생각은 없어. 그럼 수고하고 다음에 또 보도록 하자."

"좋네. 먼 길 오느라 수고 많았네. 이제 조심히 돌아가서 푹 쉬시게."

"아, 근데……."

고바난은 셈이 있는 상자 옆에서 말을 이었다.

"내가 괜한 말을 꺼내서 네가 위험에 처하지 않을까 싶어. 혹시라도 길잡이를 만나면 일단 무조건 도망쳐. 무조건."

고바난과 이야기를 하던 사내는 껄껄 웃었다. 고바난이 장난스레 이야기했기 때문에 농담을 던진 것이라고 생각했다. 하지만 셈은 고바난이 자기에게 하고 있는 말이라는 것을 눈치챘다. 둘은 마지막 작별 인사를 했고 고바난이 떠나는 발자국 소리를 들을 수 있었다.

셈은 고바난과 계획했던 대로 몇 가지 정보를 얻을 수 있었다. 고바난에게 카르카단을 전달받은 별도 다른 사람에게 카르카단을 전달해 주는 것이 임무라는 것, 카르카단이 샛별회 본부로 가지는 않는다는 것이었다. 고바난은 본부로 가는 일이 아니라면 길잡이나 샛별님을 만날 일은 거의 없을 것이라고 말했다.

이제 이 일이 길잡이와 관련 있는 일인지 아닌지를 알아내는 것이 중요했다. 샛별회는 샛별님을 중심으로 움직이는 단체지만 샛별회의 원칙에 어긋나지 않으면 개인이나 소수의 집단이 독단적으로 움직이는 것도 가능하다고 했다.

한 집단이 샛별회에 가입하는 경우에는 집단으로 활동할 수 있다. 또 길잡이에게 보고만 한다면 별들이 자체적으로 움직일 수 있고, 필요하다면 샛별회에서 다른 별들을 지원해 주기도 한다고 했다.

그래서 고바난은 먼저 카르카단 임무가 별들의 주도로 진행되는 일인지 아니면 길잡이가 주도하고 있는 일인지 파악할 필요가 있다고 했다. 그냥 별들이 주도한 일이라면 충분히 해결 방안을 모색해 볼 수 있다고 했다. 하지만 길잡이가 주도한 일이라면 정체를 들키지 말고 조용히 도망치라고 충고했다.

셈이 목적지에 도착하면 먼저 그곳의 위치를 파악해야 했다. 잡혀간 카르카단이 어떻게 되었는지 확인을 해야만 살아 있는 카르카단을 모두 구출해 낼 계획을 세울 수 있었다. 그리고 이 일을 주도하고 있는 자를 찾아내 담판을 지을 작정이었다.

어두운 상자 속에서 누워만 있다 보니 시간이 얼마나 흘렀는지 파악하기 힘들었다. 보이코 역시 견디기 힘든지 뒤척거리며 앓는 소리를 냈지만, 그때마다 셈이 툭툭 치며 주의를 주었다. 얼마 정도 시간이 지나자 움직이던 상자가 멈춰 섰다. 셈은 이제 샛별회가 있는 곳에 도착했다는 것을 느꼈다. 밖에서는 두런두런 대화 소리가 들렸다. 셈은 상자 벽으로 기어가서 상자 벽에 귀를 대었다.

"그간 별일 없었지?"

낯선 사람의 목소리였다.

"그럼. 별일 없었으니 이렇게 무사히 볼 수 있지 않겠나. 실험실에서 일은 잘 되어 가나?"

"아니. 아직 어려움이 많은 것 같아. 성과가 없으니까 매번 보고하기도 민망하더라고."

"그렇군. 자세한 이야기는 다음에 샛별회 밖에서 이야기하세. 일단 우리는 여기서 헤어져야 할 듯싶네."

"좋아. 조심히 돌아가. 마을에서 이야기하게."

두 사람은 샛별회 밖에서도 서로 친분이 있는 것 같았다. 셈은 보고하는 업무도 있다는 것을 머릿속에 재빨리 집어넣었다. 조그마한 정보라도 놓쳐서는 안 됐다. 방금 만난 두 사람이 같은 마을 사람이라면 카르카단에 관련된 업무는 마을 단위로 이루어지는 일일 수도 있겠다는 생각을 했다.

상자는 다시 움직이기 시작했다. 셈은 조심스레 1층으로 내려가 손바닥만 한 구멍으로 밖을 내다보았다. 울창한 숲속을 지나고 있었다. 하지만 사람들이 살고 있다는 흔적을 여기저기서 볼 수가 있었다. 길가에 표지판이 세워져 있었고, 사람이 돌로 만들어 놓은 것 같은 조그마한 탑도 있었다. 그리고 나무 사이로 사람들이 모여 살고 있을 법한 거대한 공터가 눈에 들어왔다. 밖을 구경하고 있던 찰나 상자는 멈췄다.

"안녕, 인간들의 별. 네가 별이라는 증거를 보여 줘."

"여기 내 손에 별의 증표가 있어. 하지만 난 별이 아니면 증표를 보여 주지 않지."

셈이 두 사람의 말을 엿들어 보니 그곳에서는 다 자란 카르카단만을 다루는 곳이었다. 무슨 일을 하는지 정확히 알 수는 없었지만, 큰 카르카단을 모두 그곳에다 두고 새끼가 있는 상자는 그곳에 있는 말들이 끌도록 만들었다. 셈은 다 자란 카르카단을 부대장 카르카단에게 맡기고 자신은 새끼들과 함께 가는 것이 좋겠다고 판단했다.

상자가 이동하다가 다시 멈췄을 때 셈은 바짝 긴장했다. 상자가 최종 목적지에 도달했다. 상자를 전달해 주는 사람과 상자를 받는 사람의 대화가 이어졌다. 이제 셈과 보이코는 상자 밖으로 나올 순간을 포착해야만 했다. 셈은 보이코를 깨우고 촉각을 곤두세웠다. 셈은 상자를 전달해 주는 사람이 이곳을 빨리 뜨기를 기다렸다. 자신의 존재를 최소한의 사람에게만 노출해야 했기 때문이다. 말발굽 소리가 나며 상자를 전달해 준 사람이 떠나는 소리가 들렸다.

그리고 상자가 다시 움직였다. 셈은 이때 재빨리 내려야 한다는 것을 느꼈다. 아래 아무도 모르게 만들어 놓은 문을 통해 셈과 보이코는 상자에서 내렸다. 셈과 보이코는 상자 아래 문을 닫고 그곳에서 잠시 매달려 있다가 상자의 속도가 느려질 즈음 재빨리 착지했다. 상자는 아주 커다란 건물로 들어가고 있었다. 네모난 건물이었는데 그곳은 창문이 없어 아무도 안을 들여다볼 수 없었다.

셈은 보이코의 등에 타고 상자 뒤에 몸을 가린 채 상자를 조심스레 따라갔다. 상자는 건물 안으로 들어왔고, 상자 뒤에 셈과 보이코도 따라 들어왔다. 그때 문을 닫으려고 오던 별과 셈이 마주치고 말았다. 셈은 당황하지 않고 말했다.

"안녕, 인간들의 별. 네가 별이라는 증거를 보여 줘."

앞에 있던 별은 주먹을 셈에게 내밀었다.

"여기 내 손에 별의 증표가 있어. 하지만 난 별이 아니면 증표를 보여 주지 않지."

셈 역시 두건 주머니에 있던 신분증을 쥐고 별을 향해 손을 내밀었다. 그리고 두 사람은 지팡이 끝에 있는 구슬을 한 번 부딪친 후 손을 폈다. 그리고 각자의 구슬을 상대방의 손바닥 위에 있는 동전 모양의 신분증에 갖다 대었다. 두 구슬은 푸른색으로 변하기 시작했다.

"넌 누구야?"

서로의 신분을 확인하고 나자 별이 셈에게 물었다. 셈은 서로의 얼굴을 보지 못하는 것이 다행이라는 생각이 들었다. 만약 서로 얼굴을 볼 수 있었다면 셈이 난감한 표정을 지을 때마다 의심을 샀을 것이다. 셈은 목소리를 가다듬었다.

"누구긴 누구야. 길잡이한테 보고하려고 여길 감찰하러 왔지."

"감찰한다고? 오늘 감찰하러 온다는 말을 난 들어 본 적이 없는데. 게다가 우리 완전 초면인 것 같은데?"

"감찰하러 온다고 예고하고 오는 것이 무슨 감찰이야. 요즘 이곳에 대해 안 좋은 이야기가 돌고 있어. 난 길잡이가 직접 보내서 오게 된 거라고. 꿍꿍이속이 있다면 각오하는 게 좋을 거야."

"쳇. 알겠어. 그럼 일단 따라와."

그 별은 곰보다 큰 개인 곰개 두 마리에게 상자를 끌게 만들었다. 별은 셈을 데리고 어떤 방에 들어갔다. 그 방에 있는 유리관 안에 새끼 카르카단들이 널브러져 있었다. 한곳에 빼곡하게 들어가 있었는데, 모두 힘없이 시들시들했다. 별은 상자의 문을 열더니 이번에 데려온 새끼 카르카단을 빈 유리관 안에 던져 넣기 시작했다. 셈은 화가 치밀어 올랐지만 간신히 화를 억눌렀다. 셈은 보이코 등에 오른 상태로 그 방 안을 둘러보았다.

유리관 안을 들여다보니 카라카단의 새끼들은 움직일 공간도 없이 빽빽하게 들어가 있는 경우도 많았고 음식을 제대로 먹지 못했는지 비쩍 말라 있었다. 더 깊숙한 곳에 어떤 소리가 들려 안으로 들어가 보았다. 오랑우탄 한 마리가 유리관에 있는 새끼 카르카단을 꺼내 옆에 있는 통로로 밀어 넣고 있었다.

"이봐, 저기 새끼를 어디로 보내는 거야?"

셈이 카르카단을 유리관에 집어넣기 바쁜 별에게 물었다.

"옆에 실험실이 있어서 그쪽으로 보내는 거야."

"좋아. 여기는 다 둘러봤으니 그럼 이제 그쪽으로 날 보내 줘."

별은 아무런 말을 하지 않고 셈을 조용히 바라보았다.

"실험실은 길잡이가 아니면 멋대로 들어갈 수 없어. 너 도대체 뭐야? 뭔데 실험실에 들어가겠다는 거야?"

별이 셈을 강하게 추궁했지만 셈은 쉽게 물러서지 않았다. 이럴 때일수록 더욱 뻔뻔해져야 한다. 고바난이 셈에게 충고했었다. 샛별회에 대해 외부에서 알아낼 수 없는 만큼 내부에서도 알아내기 힘들다는 것을. 샛별회에 속한 사람도 샛별회가 하고 있는 일을 정확히 알아낼 수는 없다고 말했다.

"나도 잘 몰라. 난 그저 길잡이가 시키는 일만 할 뿐이야. 이곳을 한 군데도 빠짐없이 둘러보고 내가 본 것을 길잡이에게 보고해야 해. 날 어서 실험실로 데려가."

셈의 단호한 말투에 별은 움츠러든 것 같았다. 순순히 밖으로 나가 셈을 데리고 옆에 있는 실험실로 이동했다. 실험실 문은 동그랗고 가운데서 양옆으로 열 수 있게 만들어졌지만, 손잡이가 없었다. 별은 문에 붙어 있는 동그란 홈에 자신의 신분증을 갖다 대었다. 홈 위에 있는 조그마한 유리에 파란색 불이 들어왔다.

"이봐, 별들. 여기 어떤 별이 실험실을 감찰하러 왔어. 문 좀 열어 봐."

별은 자신이 신분증을 갖다 댄 곳에 입을 대고 말을 했다. 그러자 그곳에서 목소리가 흘러나왔다.

"무슨 소리야? 감찰 있다는 이야기 들은 적이 없는데. 실험실은 길잡이가 아닌 이상 아무나 불시에 들어올 수 없어. 돌아가."

"알아. 나도 그렇게 말했는데 길잡이가 감찰하라고 시켰대. 그래서 꼭 둘러봐야 한대."

"안 돼. 그냥 돌아가. 이곳에 아무나 들이지 말라고 말한 게 바로 길잡이야."

셈은 안 되겠다 싶어 중간에 끼어들었다.

"어서 문 열어. 원래 길잡이가 와야 하는데 오늘 일이 있어서 나에게 감찰을 위임한 거야. 난 오늘까지 여기를 다 둘러봐야 해."

실험실

셈이 말을 마치자 한동안 침묵이 이어지다 앞에 있던 문이 열렸다. 셈은 안으로 들어갔다. 문 앞에는 온몸에 녹색 옷을 두른 사람이 서 있었다. 손에도 녹색 장갑을 끼고 있었고 발에도 녹색 신발을 신고 있었다. 얼굴에는 하얀색 가면을 쓰고 있었다.

"안녕, 인간들의 별. 네가 별이라는 증거를 보여 줘."

가면을 쓴 별이 말했다.

"여기 내 손에 별의 증표가 있어. 하지만 난 별이 아니면 증표를 보여 주지 않지."

두 사람은 서로의 신분을 확인했다. 실험실 문 앞에는 하얀색 벽이 있었고, 오른쪽에 복도로 가는 통로가 있었다. 복도를 지나 안쪽으로 조금 들어가니 왼쪽으로 통로가 나 있었고 그 통로는 실험하는 곳까지 이어졌다. 그곳에는 열 명 정도 되는 사람들이 무언가를 하고 있었다. 모두 똑같이 초록색 복장에 하얀색 가면을 쓰고 있었다.

옆방과 이어진 구멍에는 새끼 카르카단이 주기적으로 전달되고 있었다. 구멍 쪽에 있는 사람은 옆방에서 온 카르카단을 한 번 살펴보고 나서 여기저기로 분류를 했다. 실험을 하고 있는 별들 뒤에 유리관 여러 개가 배치되어 있었다.

셈은 그 유리관 안을 천천히 둘러보았다. 그 안에는 카르카단 새끼들이 누워 있었다. 그런데 뭔가 이상하다는 느낌이 들었다. 누워 있는 한 마리를 자세히 보고 나서 셈은 온몸을 부들부들 떨었다. 셈을 태우고 있는 보이코도 그걸 느낀 듯했다.

"셈. 갑자기 왜 그래?"

셈은 말없이 자신이 보고 있는 카르카단을 가리켰다. 그 카르카단은 머리가 두 개였다. 다리가 여덟 개 붙어 있는 카르카단, 온몸에 뿔이 수십 개가 박혀 있는 카르카단도 있었다. 사람이 일부러 그렇게 만들어 놓은 흔적이 보였다. 구석지에 있는 커다란 통에는 카르카단 새끼들의 시체가 버려져 있었다. 머리가 잘려 있는 카르카단, 다리가 전부 잘려 있는 카르카단도 있었다. 보이코 역시 몸을 부들부들 떨기 시작했다. 셈은 실험을 하고 있는 별들 사이로 다시 돌아갔다.

그중에 한 별은 아무렇지도 않게 카르카단의 머리를 도려내고 있었다.

"그만둬!"

셈은 참지 못하고 소리를 크게 질렀다. 실험을 하고 있던 별들은 하던 일을 멈추고 모두 셈을 쳐다보았다.

"지금 하는 짓 당장 그만둬. 지금부터 이렇게 무고한 카르카단을 희생

시키는 실험은 모두 금지야. 알겠어? 아직 살아 있는 카르카단은 다 풀어
줘. 내가 걔네들을 데려갈 거야."

"네가 뭔데? 네가 뭔데 실험을 중단시키는 거야?"

한 별이 퉁명스럽게 셈의 말을 받아쳤다. 실험실 안에 있는 다른 별들
도 셈의 말에 미동도 하지 않았다. 셈은 분위기가 이전과 사뭇 달라졌다
는 것을 눈치챘다.

"이봐, 저 녀석 아무래도 수상해. 예고도 없이 실험실에 멋대로 들어오
지를 않나. 실험을 중단하라고 하질 않나. 네가 정말 길잡이의 명령을 듣
고 온 거라면 우리한테 증명해 봐. 그렇지 못하면 우리도 널 가만히 둘 수
는 없을 것 같다."

별들 사이에서 이미 셈에 대한 의심이 강하게 퍼진 느낌이었다. 셈은
마음을 다스리며 무슨 말을 해야 좋을지 머리를 굴렸다. 셈과 별들 사이
에는 묘한 긴장감이 흘렀다. 그때 실험실의 불빛이 푸른색으로 바뀌더니
목소리가 들려왔다.

"이봐, 실험실에 있는 별들. 내 말 잘 들어. 내가 너무 수상해서 보고부
에 물어봤어. 길잡이가 감찰하기 위해 별을 보냈다는데 그런 말이 있었
는지 말이야. 길잡이의 명령으로 감찰한다고 여기저기 들쑤시고 다니는
녀석이 있다고 보고했지. 그런데 보고부에서 그런 말을 들은 적이 없대.
그 녀석 지금 거짓말 치고 있는 거야. 빨리 녀석을 붙잡아."

말이 끝나기가 무섭게 별들이 셈에게 달려들었다. 셈도 보이코 등에서
내려와 들고 있던 지팡이를 휘둘렀다. 셈과 보이코는 벽에 등을 대고 별
들의 접근을 간신히 막았다.

"물러서! 너희가 무슨 권한으로 날 잡으려는 거지? 샛별회에서 지금 어

떤 계획을 진행하고 있는지는 알고 있어? 난 길잡이의 계획을 따르고 있을 뿐이야. 나에게 무슨 일이라도 생긴다면 너희는 배반죄로 죄다 사형이야."

셈의 외침에 모두가 셈을 공격하기를 주저했다. 그 기회를 놓치지 않고 셈은 말을 이었다.

"정 못 믿겠으면 날 보고부로 데리고 가. 내가 길잡이와 직접 이야기를 하겠어."

셈이 말을 마치자 마스크 눈 주위가 붉게 물들어 있는 별이 긴장을 풀고 다른 별들을 향해 고개를 까딱였다. 그러자 다른 별들도 경계 태세를 풀었다.

"뭐. 그렇담 우린 일단 이 녀석을 보고부에 넘기자. 어차피 이 녀석 혼자서는 아무것도 못해. 우린 녀석이 도망치지 못하게 붙잡아 두기만 하면 될 것 같아. 무슨 속셈인지는 모르겠지만 할 일도 많은데 일단 보고부에 넘기고 우린 손 털자고."

모두가 그 별의 말에 수긍하는 분위기였다.

"그럼 내가 보고부에 연락할게."

보고부

눈 주위가 붉게 물들어 있던 별이 벽에 있던 홈에 신분증을 대고 보고부에 이야기를 했다. 그때까지 셈과 보이코는 별들에게 감시당하며 구석에 앉아 있었다. 얼마 지나지 않아 초록색 두건을 깊게 눌러쓰고 손에 지팡이를 들고 있는 사람이 들어왔다. 별들은 서로 신원 확인을 했다. 그리고 초록색 두건을 쓴 별은 셈 앞에 섰다.

"네 녀석이냐? 길잡이가 시킨 거라면서 여기저기 멋대로 돌아다니는 놈이."

"그래. 나 맞아. 할 말 있으니까 길잡이한테 날 데려가."

초록색 두건의 별은 피식하며 웃었다.

"일단 내 역할은 널 보고부로 데려가는 거니까 거기 가서 이야기하라고."

그는 주머니에서 복면을 꺼내더니 셈의 얼굴에 씌웠다.

"잠자코 따라와. 수상한 짓은 용납 못 해."

셈과 보이코는 초록색 두건의 별이 이끄는 대로 따라갔다. 앞이 보이지는 않았지만 셈은 방향 감각을 잊지 않으려고 노력했다. 머릿속으로 가고 있는 방향을 필사적으로 그리며 자신의 위치를 파악하려고 했다.

"일단 여기 올라타라고."

셈이 동물 위로 올라탔다. 느낌이 곰개인 것 같았다. 별은 셈의 옷자락을 손에 계속 쥐고 있었다. 셈이 올라탄 곰개가 서서히 출발하기 시작할 때 갑자기 옆에 있던 곰개가 크게 소리쳤다.

"뭐야, 멈춰."

"제길, 곰 자식 도망쳤어. 야, 빨리 네놈 곰 불러." 초록색 두건의 별이 셈에게 말했다.

"보이코! 어서 돌아와!"

셈이 크게 불렀지만 보이코는 돌아올 기미가 보이지 않았다.

"뭐야! 제대로 부르란 말이야. 네놈의 동물이 오지 않잖아."

"안 오면 나도 어쩔 수 없어. 완전히 길들여지지 않은 녀석이거든."

"젠장. 루퍼트. 저 곰 녀석 빨리 잡아 와."

별의 말이 끝나자 곰개가 빠르게 달려가는 소리가 들렸다.

"그럼 곰은 저 녀석에게 맡기고 넌 나랑 같이 보고부로 가야겠다."

셈을 태운 곰개는 다시 천천히 움직였다. 옆에 있는 별은 걸어서 이동하는 듯했다. 셈은 별이 남쪽으로 가고 있다는 것을 눈치챌 수 있었다. 보이코가 도망친 덕에 곰개가 한 마리밖에 남지 않은 것이 천운이었다. 별이 걸어갈 수밖에 없게 되었고, 셈이 위치를 파악하는 데 더 많은 도움이 되었기 때문이다.

셈은 보고부 건물에 들어온 뒤에야 복면을 벗을 수 있었다. 그곳은 평범한 사무실이었다. 몇 명이 그 방을 같이 쓰고 있는 흔적이 있었다. 하지만 그곳에는 붉은색 두건을 두른 한 사람만이 앉아 있었다.

"안녕, 인간들의 별. 네가 별이라는 증거를 보여 줘."

붉은 두건을 쓴 별이 셈을 향해 주먹을 내밀었다.

"여기 내 손에 별의 증표가 있어. 하지만 난 별이 아니면 증표를 보여 주지 않지."

셈 역시 두건에서 신분증을 쥔 후 주먹을 뻗어 보였다. 두 사람은 지팡이 끝에 구슬을 부딪친 뒤 신분증에 구슬을 갖다 대었다. 셈은 구슬이 무슨 색으로 바뀌는지 주의 깊게 들여다보았다. 셈의 구슬은 푸른색으로 변했다. 상대방의 구슬 역시 푸른색으로 바뀌었다.

"그냥 별이잖아. 그런데 별 따위가 길잡이의 업무를 멋대로 멈추게 만들어?"

붉은색 두건을 쓴 별이 말했다.

"길잡이를 불러 줘. 길잡이에게 할 말이 있어."

셈은 침착하게 대답했다.

"웃기지 마. 네가 뭔데 길잡이를 부르라 마라 하는 거야? 넌 길잡이와 이야기할 어떤 권한도 없어."

"난 길잡이 명령을 듣고 여기에 온 거야. 난 길잡이의 명령을 수행할 뿐이라고. 너희가 뭔데 자꾸 날 방해하는 거야?"

"그래? 그런 이야기는 들은 적이 없는데……. 이 업무에 관련해서 길잡이와 소통하는 건 나뿐이야. 길잡이가 직접 오지도 않고 나에게도 이야기하지 않는 일을 다른 별에게 시켰다는 게 이해가 안 되는데. 너 혹시라도 이상한 수작 부리는 거면 죽는 거 알지?"

"그럼 당연하지."

"다른 길잡이가 시킨 일인가? 나, 참. 나한테 도대체 어쩌라는 거야?"

붉은색 두건의 별이 혼잣말했다. 그때 보고부 문이 열리더니 가면을 쓴 한 별이 나타나 소리쳤다.

"이봐, 지금 비상이야! 일단 너희들도 빨리 나와서 현장에 투입해. 카르카단들이 날뛰고 있어."

"제길. 또 이게 무슨 일이야. 일단 지금 사태부터 같이 수습하고 이야기하자고."

보고부에 있던 두 명의 별이 밖으로 튀어 나갔다. 자연스럽게 셈도 밖으로 나올 수 있었다. 밖은 여러 가지 소리가 뒤섞여 소란스러웠다. 카르카단 무리가 한꺼번에 뛰는 소리, 사람들이 소리치는 소리, 곰개가 크게 짖는 소리가 들려왔다. 가면 쓴 별은 거대한 멧돼지인 봉희를, 초록색 두건의 별은 곰개를, 붉은색 두건의 별은 말을 타고 달려 나갔다. 셈은 그들과 잠깐 뛰다가 더 이상 움직이지 않고 멈춰 섰다.

"이봐, 넌 뭐 하는 거야. 얼른 오라고."

가면 쓴 별이 달리며 셈을 향해 소리쳤다. 셈은 아무런 말도 하지 않고 가만히 있었다. 그런 셈을 보고 세 사람은 잠깐 속닥거리더니, 두 명은 그대로 뛰어가고 말을 타고 있던 붉은색 두건을 쓴 별이 셈을 향해 달려왔다. 셈은 조용히 눈을 감고 귀를 기울였다. 말 말굽 소리가 가까이 왔다. 그리고 멀리서 어지럽게 움직이는 카르카단 사이로 두 개의 발자국이 점점 셈에게 가까워지는 것을 들을 수 있었다.

"지금 비상사태라고. 여기서 어물쩍거릴 때가 아니야. 일단 카르카단부터 정리하고 이야기는 나중에 하자고. 얼른 말 뒤에 타."

셈은 말없이 셈에게 가까워지는 두 개의 발자국 소리에 귀를 기울였다. 하나…… 둘…… 셈은 마음속으로 조용히 숫자를 셌다. 다섯…… 여섯…….

"야! 너 귀먹었어? 왜 아무 말이 없어?"

셈은 입을 열었다.

"아홉……. 열……! 왔다."

멀리서 카르카단 한 마리와 곰 한 마리가 뛰어오는 것이 눈에 보였다.

"뭐라는 거야?"

붉은색 두건을 쓴 별이 카르카단과 곰이 셈에게 오고 있다는 것을 깨달았을 때는 이미 늦었다. 곰은 높게 뛰어올라 별을 말에서 떨어뜨렸고, 카르카단은 온몸으로 말을 짓눌러 버렸다.

"보이코! 성공했구나!"

"응. 일단 네가 말했던 것처럼 카르카단보고 소란 피우라고 말해 뒀어."

셈은 실험실에 있을 때 이미 보이코에게 카르카단 무리를 찾아서 소동을 일으키게 만들라고 말해 뒀다. 그리고 보고부까지 오는 동안 고바난의 마을에서 가져온 나뭇가지를 조금씩 떨어뜨렸다. 보이코는 셈의 냄새가 배어 있는 나뭇가지를 따라 바로 보고부까지 달려올 수 있었던 것이다. 소동을 일으키는 것이 셈의 최상의 계획은 아니었다. 하지만 계획이 흐트러질 기미가 보이자 미리 준비해 뒀던 차선책을 꺼내 들었다. 셈은 넘어져 있는 붉은색 두건을 쓴 별을 주머니에 있던 밧줄로 꽁꽁 묶었다.

"반란이야! 반란이야!"

별이 소리를 질렀지만 셈은 입을 헝겊으로 싸매서 말을 하지 못하게 만들었다.

"당분간 이러고 있어. 난 꼭 길잡이를 만나야겠어. 길잡이 만나고 나서 곧바로 풀어 줄게."

셈은 그 별을 보고부 근처 숲속에 두었다. 그리고 카르카단 위에 올라탔다.

"그래, 부대장. 여기 갇혀 있던 친구들은 다 구출했어?"

"아니. 같은 목장에 있던 친구들만 겨우 빠져나왔어. 다른 곳에 갇혀 있는 애들은 구출을 못했어."

"좋아. 먼저 새끼들을 구하러 가자. 새끼들이 지금 죽어 나가고 있어."

카르카단은 셈의 말이 떨어지기 무섭게 달리기 시작했다. 보이코가 앞장서서 달려갔고 카르카단은 보이코가 가고 있는 북동쪽으로 나 있는 길로 내달렸다. 북쪽으로 갈수록 소란스러운 소리는 더 커져만 갔다. 북쪽은 모든 곳이 전쟁터를 방불케 했다. 카르카단과 사람들이 결투를 벌였고, 짐승과 카르카단이 맞부딪쳤다.

"이봐, 이 녀석들 너무 거세게 반항을 하는데? 전부 죽여 버리자. 인간에게 반항한 동물을 살려 둘 수는 없어."

"안 돼! 전부 살아 있는 채로 잡아야 해. 길잡이의 자산이야. 실험 외에 다른 이유로 함부로 죽여서는 안 돼."

"근데 이 녀석들 조직적으로 움직이고 있어. 분명 이 반란을 주도한 대장 녀석이 있어. 그 녀석을 먼저 처리해야 해."

여기저기서 사람들이 고함지르는 소리도 들렸다. 셈은 카르카단에게 조용히 말했다.

"일단 우리는 싸움에 휘말려서는 안 돼. 친구들이 시선을 끌어 주는 동안 잡혀 있는 애들 먼저 구출하는 거야.”

셈은 싸움이 벌어지는 곳을 교묘하게 피해서 지나갔다. 셈이 다시 실험실로 돌아왔을 때 그곳은 카르카단들과 별들이 싸움을 벌이고 있었다.

“애들아 저 녀석들을 일단 제압해야 들어갈 수 있을 것 같아.”

가면을 쓴 세 별과 카르카단 세 마리가 정신없이 싸우고 있었다. 셈은 그 중에 한 명의 뒤통수를 주먹으로 쳐서 기절시켰다. 보이코 역시 한 명을 골라 머리를 쳐서 기절시켰다. 두 사람이 쓰러지자 남아 있는 별은 뒤늦게 셈의 존재를 알아차렸다.

“너…… 그 수상한 놈 아니야?”

셈은 밧줄을 던져 순식간에 그 별의 몸을 칭칭 감아 버렸다. 셈은 별을 묶은 밧줄을 보이코에게 넘겨주었고 보이코는 입으로 밧줄을 묶었다.

“뭐 하는 거야! 어서 풀지 못 해?”

셈은 조용히 눈을 감고 모든 것이 가능한 방에서 망치를 꺼내 왔다. 그리고 두 손으로 망치를 치켜들고 카르카단 등 위에서 별을 내려다보았다.

“이제부터 내 말 들어.”

상황의 심각성을 깨달은 별은 더 이상 아무 말도 하지 않았다. 셈은 별을 데리고 실험실 문 앞까지 갔다.

“실험실 문 어떻게 여는지 말해.”

“실험실은 길잡이나 관계자 아니면 함부로 못 들어…….”

“묻는 말에 대답해!”

셈이 소리치자 별은 곧 조용해졌다.

“이제부터 두 번 이야기 안 할 거야. 실험실 문 어떻게 여는지 말해.”

“내 옆구리에 있는 주머니에 신분증이 있어. 그걸 홈에 갖다 대면 돼.”

셈은 카르카단 위에서 내려와 별의 옆구리를 뒤져 신분증을 찾아냈고, 그것을 문에 있는 홈에 갖다 대었다. 실험실의 동그란 문은 양옆으로 열렸다. 셈은 새끼들이 보관되어 있는 방으로 들어갔다. 다행히 셈이 이곳에 올 때 새끼들을 담아 왔던 상자가 그곳에 그대로 있었다. 셈과 보이코는 유리관 속에 들어 있는 새끼들을 상자에 담아 넣었다.

셈은 사로잡은 별과 상자를 가지고 밖으로 나왔다. 상자를 나무 숲 안쪽에 숨겨 놓고 그곳에 있던 세 마리의 카르카단에게 그 상자를 지키게 만들었다. 셈은 부대장 카르카단의 등 위에 올라타고 다른 곳에 갇혀 있을 카르카단을 구하기 위해 달려갔다.

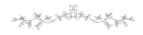

관리부

셈은 네모난 건물에 둥근 천장이 있는 관리부라는 곳에 도착했다. 카르카단이 가고 싶어 했던 곳을 별에게 길을 물어서 무사히 도착할 수 있었다. 관리부는 별들이 돌아가면서 밤낮으로 지키는 곳이었다. 이곳에서 일하는 모든 별은 모두 관리부에 출입이 가능했다. 덕분에 셈은 사로잡은 별을 통해 어렵지 않게 관리부에 들어올 수 있었다.

관리부의 내부에는 원통으로 된 커다란 관들이 즐비해 있었다. 그 관 안은 맑은 액체로 가득 차 있었다. 그리고 그 액체에는 이상한 생명체들이 담겨 있었다. 곰처럼 몸을 일으켜 서 있는 카르카단도 있었고, 사람과 카르카단이 섞인 듯한 기분 나쁜 카르카단도 있었다.

그것들이 살아 있는 건지 죽어 있는 건지 알 수는 없었다. 눈을 감고 액체 안에 조용히 담겨 있었다. 셈은 괴상한 생물체를 보면서 역겨워 속이

울렁거렸지만 계속 앞으로 나아갔다. 별의 말에 따르면 건물의 뒷문으로 나가면 나오는 목장에 카르카단이 갇혀 있었다. 셈이 건물 뒤쪽으로 나가자 카르카단을 가둬 둔 거대한 목장이 나왔다.

카르카단은 몸을 조금도 움직일 수 없는 칸막이에 한 마리씩 갇혀 있었다. 제대로 먹지 못했는지 몸이 말라 있었고, 눈에는 절망과 고통이 가득 차 있었다. 셈은 가슴 속에서 분노가 치밀어 올랐다. 샛별회가 무슨 대단한 일을 하고 있는지 모르겠지만 어느 누구도 생명을 이렇게 함부로 다뤄서는 안 됐다.

셈은 카르카단을 한 마리씩 꺼내 밖으로 내보냈다. 오랫동안 걷지 못했는지 제대로 걷지도 못했다. 셈이 목장에서 카르카단을 꺼내면 보이코가 밖으로 데려갔다. 스무 마리쯤 카르카단을 풀어 줬을 때 밖에 있던 카르카단이 크게 소리를 질렀다. 보이코가 헐레벌떡 뛰어오더니 셈에게 말했다.

"셈, 큰일 났어. 밖에 사람들이 모여들고 있어."

"사람들이 벌써 여기로 모여들고 있다고? 벌써 들킨 건가?"

셈은 계속 정체를 숨길 수 없을 것 같았다. 샛별회의 일원이라고 끝까지 발뺌하는 것이 맞을지 아니면 자신의 정체를 솔직하게 밝히고 정면 돌파하는 것이 좋을지 혼란스러웠다.

"드디어 별들이 모였나 보군. 네가 카르카단 새끼들을 빼돌릴 때부터 이미 지원 요청을 보내 놨지. 넌 이제 끝났어. 배신자야."

목장 기둥에 밧줄로 묶여 있던 별이 말했다. 바깥이 순식간에 소란스러워졌다. 셈은 하던 일을 멈추고 바깥으로 나갔다. 문 앞쪽에서 카르카단 몇 마리가 입구를 막고 있었다. 그리고 그 주위로 별들이 무기를 들고 모여 있었다. 더 많은 별과 카르카단이 그 주위로 몰려들고 있었다.

"카르카단의 대장이 여기 숨어들었다는 말을 들었다. 길을 비키지 않으면 많은 희생이 따를 거야. 어서 길을 터."

두건을 깊게 눌러 쓴 별이 카르카단을 향해 소리쳤다. 카르카단은 한 발자국도 움직이지 않았다. 목장에서 탈출시켰던 카르카단은 이미 별들에게 다시 사로잡혀 있었다. 카르카단과 별들이 계속 모이기 시작하며 규모가 커졌고, 큰 싸움이 벌어질 것 같은 전운이 감돌았다. 여기저기 흩어져서 싸움을 벌이던 별과 카르카단이 싸움을 멈추고 이곳으로 다 모여드는 모양새였다.

셈은 문밖을 나가기 전에 조용히 눈을 감았다. 이번에는 할 수 있을 것 같다. 셈은 자신의 방을 상상했다. 그곳의 벽에 걸려 있는 타라스크 갑옷을 꺼내 들었다. 셈은 옷을 벗고 타라스크 갑옷을 입었다. 그리고 갑옷 위에 옷을 덧대 입었다. 셈의 몸에는 딱딱한 타라스크 갑옷의 감촉이 느껴졌다. 셈은 지팡이와 두건을 바닥에 던졌다.

셈은 건물 밖을 나가 문 앞을 막고 있는 부대장 카르카단 등 위로 올라섰다. 그러자 그곳에 있는 모든 별이 셈에게 시선을 집중했다. 셈은 망치를 소환해 두 손으로 망치를 들어 올렸다.

"난 카르카단의 대장 셈이다. 샛별회가 카르카단의 생명을 함부로 다룬다는 말을 듣고 카르카단을 보호하기 위해서 이곳에 왔다. 너희에게 카르카단을 해치라는 임무를 준 사람을 내 앞에 데려와. 오늘 내가 그 녀석과 담판을 지어야겠다."

셈이 말을 마치자 사방이 고요해졌다. 셈은 눈을 부릅뜨고 군중을 쳐다보았다.

"너희들 뭐 하는 거야? 여기 이상한 애송이가 기어들어 왔잖아. 얼른 잡아! 카르카단이며 애송이며 전부 잡아들여!"

두건을 눌러쓰고 있던 별이 소리치자 별들은 다시 무기를 빼들었다. 별들은 소리를 지르며 카르카단을 하나둘씩 쓰러뜨리기 시작했다. 네 명이서 끝에 쇠고리 같은 것이 달린 밧줄로 카르카단 한 마리를 묶어 버리기도 했고, 바닥에 덫 같은 것을 설치해 카르카단의 네 발이 완전히 땅에 묶이도록 만들었다.

셈은 카르카단 위에 앉아 망치를 휘두르며 별들이 들고 있던 무기를 손에서 떨어뜨렸다. 보이코는 카르카단의 뿔로 만든 무기를 앞발에 착용하고 별들과 싸우기 시작했다. 싸움은 점점 격렬하게 번져 나갔다. 카르카단 무리는 거세게 저항했고, 사람들 역시 더 난폭하게 카르카단을 몰아붙였다. 무기를 얻어맞고 쓰러지는 카르카단도 하나둘 생겨났고, 부상을 당하는 사람들도 생겨났다.

이곳의 별들은 고바난 마을에 있는 사람들보다 훨씬 뛰어난 전투력과 기술력을 가지고 있었다. 셈이 카르카단을 훈련시키지 않았다면 카르카단은 손쉽게 무너졌을 것이다.

"야, 안 되겠다. 그냥 카르카단을 죄다 쓰러뜨려 버려. 이러다 우리들 피해만 더 커지겠어."

두건을 쓴 별이 소리쳤다.

"아냐. 조금만 더 버텨 봐. 방금 대장간에 연락했으니까."

"뭐? 꼬맹이 한 명이랑 카르카단 잡으려다가 너무 사고를 크게 치는 거 아니야?"

"어쩔 수 없잖아. 이러다 사람 잡겠어."

대장간

망치 휘두르기도 지쳐 셈의 팔이 후들거렸다. 셈이 타고 있는 카르카단의 몸에도 여기저기 상처가 나 있었다. 싸움이 길어질수록 셈에게 상황은 불리하게 돌아갔다. 별들은 새로운 무기를 가져왔고 더 강하게 셈의 무리를 압박했다.

'펑!'

하늘 위로 그물이 높게 치솟더니 모여 있던 네 마리의 카르카단 위로 떨어졌다. 그물 끝에 고정되어 있던 쇠사슬이 땅에 깊게 박혀 카르카단 여러 마리를 한꺼번에 잡아 버렸다. 카르카단들이 안에서 발버둥 쳤지만 그물에 닿자 그대로 쓰러져 버렸다. 그물에 전류가 흐르는 듯했다.

"부대장, 저 그물 조심해야 해. 일단 그물 발사하는 녀석한테 몰래 가서 그물 발사하지 못하게 무기를 부숴 버리자."

셈과 카르카단은 여러 무리를 헤치며 그물을 발사하기 위해서 장비를 만지고 있는 별에게 달려갔다. 그런데 그 별이 갑자기 하던 일을 멈추고 숲 쪽을 바라봤다. 이상한 낌새를 눈치챈 셈도 별이 보고 있는 곳으로 시선을 옮겼다. 그곳에서 쿵쿵거리는 발자국 소리가 들렸다.

멀리서 큰 무리가 오는 소리였다. 발자국 소리가 커지기 시작하자 전장에는 순식간에 긴장감이 돌기 시작했다. 별들과 카르카단은 싸움을 멈추고 모두 발자국 소리가 나는 곳으로 귀를 기울였다.

어둠 속에서 큰 짐승 위에 올라탄 사람이 서서히 모습을 드러내기 시작했다. 그 사람 뒤로는 수많은 짐승 무리가 따라오고 있었다.

'쿵, 쿵, 쿵, 쿵.'

그 무리가 점점 가까이 올수록 형체는 뚜렷해졌다. 커다란 카르카단 위에 황금색 가면을 쓴 사람이 거만하게 앉아 있었다. 카르카단의 무리가 그 사람을 따르고 있었다. 훈련이 아주 잘 되어 있는 것 같았다. 지팡이로 신호를 주면 카르카단의 무리는 한 몸처럼 움직였다.

황금색 가면의 별이 이끄는 카르카단의 무리는 보통 카르카단과 많이 달랐다. 머리는 황금으로 되어 있었다. 뿔도 쇠로 되어 있었다. 몸통에 갑옷 같은 것을 두르고 있었고 발굽 역시 온통 쇳덩이였다. 몸집도 보통 카르카단보다 더 컸다. 그런데 눈에 생기가 하나도 없었다.

"뭐야, 꼬마 한 명이랑 카르카단을 제압 못해서 나까지 부른 거야?"

황금색 가면을 쓴 별이 말했다.

"너야말로 지금 이런 일로 아직 개발 중에 있는 신무기를 가져오면 어떡해. 다 죽일 셈이야?"

두건 쓴 별이 말했다.

"마을이 뒤집어졌다고 도와 달라니까 데리고 왔지. 그래도 걱정하지 말어. 이제 거의 다 완성돼서 괜찮아. 저번처럼 위험한 일은 없을 거야. 이번 기회에 잘 완성됐나 실험이나 해 보지 뭐."

황금색 가면이 지팡이로 카르카단의 머리를 두드리며 신호를 보냈다. 카르카단 무리는 일사분란하게 셈의 무리를 에워싸기 시작했다. 셈은 완전히 포위당하면 위험해질 것이라는 걸 직감했다.

"얘들아, 포위당하면 안 돼! 최대한 진영을 갖추지 못하게 막아!"

넋 놓고 있던 셈의 카르카단 무리는 뒤늦게 황금 머리의 카르카단 무리를 막아섰다. 하지만 황금 머리 카르카단은 셈의 카르카단을 손쉽게 물러서게 만들었다. 황금 머리 카르카단 앞에 셈의 카르카단은 낙엽처럼 힘없이 밀려 나갔다.

셈의 카르카단은 뿔로 들이받으며 황금 머리 카르카단에 저항해 보았지만 아무런 소용이 없었다. 황금 머리 카르카단은 아무런 충격을 받는 것 같지 않았다. 게다가 황금 머리 카르카단과 뿔을 맞닿고 난 후에 힘을 잃고 쓰러지기 일쑤였다. 셈은 망치를 다시 고쳐 잡았다. 이대로는 너무 상황이 불리해질 것을 깨달았기 때문이다.

"부대장. 안되겠다. 저기 황금색 가면 쓰고 있는 녀석한테 곧장 달려가자."

셈은 황금 머리 카르카단을 조종하고 있는 황금색 가면을 쓰러뜨리면 충분히 승기를 잡을 수 있을 것이라고 생각했다. 부대장 카르카단이 황금색 가면을 쓰고 있는 별을 향해 돌진했다. 황금 가면이 타고 있는 카르카단을 부대장 카르카단이 뿔로 들이받았지만 황금 머리 카르카단은 미동도 하지 않았다.

셈은 황금 가면을 쓴 별을 노려보았다. 그 별은 거만하게 앉아서 아무런 움직임도 보이지 않았다. 셈은 황금 머리 카르카단을 천천히 뜯어보았다. 살점과 쇠가 뒤섞여 있었고 살과 쇠 사이에는 곪은 자국들도 보였다.

"너 이 자식 카르카단한테 무슨 짓을 한 거야?"

셈이 황금 가면에게 소리쳤다. 황금 가면은 몸을 움직이지도 않고 고개만 셈 쪽으로 쓱 돌렸다.

"꼬맹아. 네가 아직 세상의 무서움을 모르는구나. 이 세상은 강한 것만이 살아남아. 난 이 녀석을 더 강하게 만들어 줬을 뿐이야. 이 녀석의 목숨을 살려 준거나 다름없는 거라고. 약한 것이 죽는 건 시간문제니까."

황금 가면이 지팡이를 들어 올리자 지팡이에서 붉은빛이 나기 시작했다.

"이렇게."

한 손으로 지팡이를 몇 번 돌리자 갑자기 황금 머리 카르카단 무리가 날뛰기 시작했다. 셈의 카르카단 무리는 속절없이 무너져 내렸다. 뿔끼리 부딪치면 힘을 잃고 그대로 쓰러져 버렸고 쇠로 된 발굽에 짓밟혔다. 그리고 옆구리에 뿔이 받히면서 그대로 옆구리에 구멍이 난 채로 바닥에 쓰러졌다.

"그만! 그만둬!"

셈은 소리치며 달려들었다. 부대장 카르카단이 다시 한번 황금 머리 카르카단의 머리에 뿔을 들이받았다. 하지만 이번에도 황금 머리 카르카단은 아무런 흔들림이 없었다. 셈은 망치를 높이 치켜들고 황금 머리 카르카단 머리 위로 올라섰다. 그런 다음 황금 머리 카르카단의 뿔을 망치로 힘껏 내리쳤다. 그런데 카르카단의 뿔은 흠집조차 나지 않았다.

"어리석은 놈. 네놈이 죽음을 자초하는구나."

황금 가면은 지팡이로 카르카단의 머리를 두 번 건드렸다. 그러자 황금 머리 카르카단은 전투태세를 갖췄다. 셈은 위험을 감지하고 부대장 카르카단의 등을 향해 높이 점프했다. 그때 황금 머리 카르카단과 뿔을 맞대고 있던 부대장 카르카단은 그대로 힘을 잃고 쓰러져 버렸다. 그리고 황금 머리 카르카단은 크게 한걸음 다가오더니 아직 공중에 있던 셈의 배를 그대로 뿔로 들이받았다.

그 순간 셈의 입에서는 피가 튀었다. 그리고 온몸에 힘이 빠지며 정신이 희미해졌다. 셈의 몸은 공중에서 크게 한 바퀴 돌았다. 보이코의 울부짖는 소리가 들렸다. 셈의 몸이 공중에서 거꾸로 뒤집어졌을 때 보이코가 황금 머리 카르카단에게 달려가는 것이 보였다. 셈은 그대로 의식을 잃었다.

길잡이

셈의 정신이 다시 돌아왔다. 아직 피로함이 가시지 않아 눈을 뜰 수는 없었다.

'여긴 어디지? 어제 무슨 일이 있었지?'

셈은 아무런 생각을 하지 않기로 했다. 아직 너무 몸이 무거웠다. 휴식이 필요했다. 시간이 지나 조금씩 더 의식이 또렷해지면서 셈은 배가 욱신거리고 있다는 것을 느낄 수 있었다.

'왜 이렇게 배가 아프지?'

셈은 천천히 생각을 되짚어 봤다. 집을 나왔고…… 카르카단을 만났고…… 샛별회가 카르카단을 잡아들이는 곳에 잠입했고…… 황금 머리 카르카단에게 뿔이 받혔다. 셈은 눈을 번쩍 떴다.

셈은 줄에 온몸이 묶인 채로 천장에 매달려 있었다. 몸을 세게 흔들어

봤지만 천장에 매달린 줄이 상하좌우로 흔들릴 뿐이었다. 셈이 주위를 둘러보니 그곳은 아무것도 없이 텅 빈 방 안이었다. 그리고 셈 옆에는 보이코도 줄에 묶인 채 천장에 매달려 있었다. 보이코는 아직 의식을 되찾지 못했다.

"야 보이코! 보이코! 일어나 봐!"

셈이 계속 소리를 지르자 보이코는 몸을 꿈틀거리며 서서히 눈을 떴다.

"아 이거 뭐야. 줄 좀 풀어 줘 봐."

보이코는 반쯤 풀린 눈으로 힘없이 발버둥 쳤다.

"지금 나도 묶여 있어. 혹시 우리가 어디에 있는지 알겠어?"

보이코는 멍청하게 눈을 깜빡거렸다. 지금 무슨 상황인지 전혀 파악을 못하는 눈치였다.

"네가 의식을 잃는 것을 보고 널 들이받은 녀석한테 달려들다가 나도 뿔에 받혀서 정신을 잃었어."

'철컥.'

그때 누군가 문을 여는 소리가 들렸다. 붉은색 두건을 쓴 별이 들어왔다. 오른손에 자기 키만 한 지팡이를 들고 셈 앞으로 저벅저벅 걸어왔다. 별은 셈과 얼굴을 마주 보며 말했다.

"드디어 정신이 들었나 보군, 꼬맹이."

셈은 별을 노려보며 줄을 끊기 위해 발버둥 쳤다. 하지만 줄은 조금도 끊어질 기미가 보이지 않았다.

"소용없어. 그건 드로미 줄이야. 절대 못 끊어."

"얼른 이 줄 풀어! 나쁜 놈아. 너희는 태초의 신성한 계약을 버렸어. 가능님의 심판이 무섭지도 않아?"

"신성한 계약? 가능님? 나 참 웃길 노릇이군. 고작 그런 것 때문에 이곳을 이렇게 뒤집어 놓은 거야?"

"고작 그것 때문이라니? 이 양심도 없는 타락한 새끼야."

셈이 화를 내자 별은 크게 한 번 소리 내 웃었다.

"도대체 혼자 왜 이렇게 무모한 짓을 했나 싶었더니 그냥 정신이 나간 애였구나. 그건 그렇고 방금 누구랑 이야기하는 것 같던데, 누구한테 말한 거야? 혼잣말한 거니?"

"누구긴 누구야. 내 옆에 있는 곰이랑 이야기했지."

"뭐? 곰이랑 이야기한다고? 설마 너 에녹의 후손이야?"

"그래."

"오호…… 에녹의 후손은 또 처음 보는군. 신성한 계약이라느니 가능님이라느니 그런 이야기를 한 이유를 조금은 알 것 같다."

"왜 날 이렇게 묶어 놓은 거지? 어쩌자는 거야?"

"네가 소리 지르기에 한 번 들어와 봤어. 네가 길잡이가 시켰니 어쨌니 떠들어 대는 통에 일단 내일 길잡이가 올 때까지 살려 두기로 했어. 뭐 물론 길잡이를 만난 다음 넌 샛별회의 규칙대로 죽게 될 거야."

셈은 아무런 말도 하지 않았다. 셈은 죽는다는 말이 실감 나지 않았다. 이런 식으로 허무하게 죽는 것인가? 셈은 신들을 무찌르고 세상을 구하기 위해서 모험을 떠났다. 고작 이런 인간들에게 붙잡혀 옴짝달싹 못 하다가 죽는 것은 셈의 계획에는 없는 일이었다.

"특이한 녀석이라 한번 이야기해 보고 싶었는데 드디어 이야기해 보네. 할 말 있으면 나한테 언제든지 하라고. 나쁜 녀석 같지는 않은데 죽기 전에 하고 싶은 게 있다면 최대한 들어줘야지."

셈은 가만히 앉아서 죽을 수는 없었다. 아직 살아야 할 이유가 남아 있었다. 무슨 수를 써서라도 이 상황을 벗어나야 한다.

"좋아. 그렇다면 길잡이가 오거든 길잡이와 이야기하게 해 줘. 난 가능님을 섬기는 사람으로서 신들을 쓰러뜨리고 모든 인간과 동물을 위한 세상을 만들고 싶었을 뿐이야. 실험을 중단시킨 건 가능님과의 신성한 계약을 지키기 위함이라고."

"푸하하하하!"

셈이 말을 마치자 두건 쓴 별은 큰 소리로 웃었다.

"뭐? 신들을 무찔러?"

별은 웃음을 멈추고 말을 이었다.

"좋아. 그게 네 마지막 소원이라면 들어줄게. 길잡이에게 잘 이야기해 보지. 근데 기대는 안 하는 게 좋아."

별은 말을 마치더니 밖으로 나가 버렸다. 셈은 그제야 걱정이 되기 시작했다. 어쩌면 셈의 목숨은 이제 얼마 남지 않았을지도 모른다. 셈은 이곳을 벗어날 다른 방법이 없는지 계속 머리를 굴렸다. 그 사이 노아, 비타, 야벳, 함 순서대로 가족들의 얼굴이 셈의 머릿속을 비집고 들어왔다.

셈은 자기도 모르게 눈물을 흘렸다. 어쩌면 어른들의 말처럼 집에 가만히 있는 게 좋았을지도 모른다. 아무것도 모른 채 함과 보이코와 함께 집 주변을 뛰놀며 즐겁게 지내는 것이 행복했을지도 모른다. 세상의 모든 사람이 행복하고 편안하게 살아가는 세상을 꿈꿨다. 그래서 신들로부터 세상을 구해 내고 싶었다. 그런데 현실에서 셈은 이름도 모르는 인간에게 잡혀 죽을 날만을 기다리는 신세가 되었다.

셈은 어른들에게 도움을 청할까 고민했다. 하지만 그럴 용기가 없었다.

혹시라도 자기 때문에 가족들에게 피해가 갈까 봐 두려웠다. 셈은 죽을 때 죽더라도 모든 가족을 위험에 처하게 만들 수는 없었다. 셈은 눈을 감고 스르르 잠에 빠졌다. 마지막으로 형의 목소리를 듣고 싶었다. 형은 이 험난한 세상을 어떻게 헤쳐 나갔을까. 지금은 무사히 잘 지낼까.

셈은 야벳을 불렀다. 제발 셈의 부름에 대답해 주기를 바랐다. 다행히 야벳은 셈의 부름을 듣고 셈의 꿈에 모습을 드러냈다.

"형! 잘 지내고 있어?"

셈은 최대한 밝게 웃으려고 노력했다. 어쩌면…… 정말 어쩌면 이것이 형과의 마지막 대화일 수도 있으니까.

"잘 지내긴. 하루하루가 전쟁 같지. 먼저 연락도 하고 이제 다 컸구나. 근데 너 좀 뭔가 많이 달라진 것 같다? 무슨 일 있어?"

역시 형의 눈썰미를 속일 수는 없었다. 셈의 체력과 영력이 1년도 지나지 않아 몰라보게 강해졌기 때문이다. 눈치채지 못하는 게 더 이상할지도 모르겠다.

"형 사실 나 집 나왔어."

"뭐라고? 그럼 너 지금 어디 있는 거야? 어서 다시 들어가! 바깥세상은 네가 생각한 것처럼 만만하지 않아."

"그럼 형도 집으로 돌아와. 거긴 너무 위험하니까."

야벳은 어이가 없다는 듯 씩 웃었다.

"그건 안 되겠다, 셈. 난 여기서 해야 할 일이 있거든. 집은 너무 답답해. 난 안전한 것보다는 위험하더라도 아직 가 보지 못한 세계를 모험하는 게 좋아."

"나도 마찬가지야, 형."

"그래. 알겠다. 나도 집을 뛰쳐나온 주제에 너한테 이런 말할 자격은 없지. 그리고 생각해 보면 너도 이제 마냥 어린애는 아니니까. 어쨌든 이미 집을 나와 버렸으면 이제부터는 계속 강해져야 해. 더 지혜로워지고, 더 용감해지렴. 그렇지 않으면 목숨이 위험할 거야."

셈은 여유로운 척 야벳에게 빙긋 웃어 보였다.

"알겠어, 형. 언젠가 형보다 더 강하고 지혜로워져 있을 테니까 각오해."

야벳은 크게 한 번 웃어 보였는데 기분 나빠 보이지 않았다. 오히려 셈을 보며 뿌듯해하는 느낌이었다.

"아, 그리고 형. 나 이제까지 형이 죽은 줄로만 알았어."

"뭐? 그건 갑자기 무슨 소리냐. 내가 죽다니. 너한테 이따금 연락했었잖아."

"아니, 난 형이 죽어서 꿈에 나오는 줄 알았어. 어른들이 금지된 영역으로 넘어가는 바람에 형이 죽었다고 했거든. 인제 와서야 나한테 알려 주는 거 있지?"

야벳은 굉장히 불쾌해 보였다. 화가 났는지 툴툴대기 시작했다.

"하여튼 그놈의 집구석. 그러니까 애들이 못 버티고 전부 뛰쳐나오지. 멀쩡하게 살아 있는 사람을 죽은 사람으로 만들어? 내가 진짜 죽었으면 아주 박수 치고 좋아했을 거야. 날 죽은 사람 취급하면서 얼마나 행복하게 잘 사는지 보자!"

그때 셈은 머리에서 발끝까지 소름이 쫙 돋기 시작했다. 그러면서 온몸이 떨렸다. 셈은 현실에서 무슨 일이 벌어지고 있음을 직감했다.

"형. 나 이제 가 봐야겠어!"

"어 그래. 다음에 또 연락하자. 항상 조심하고! 무슨 일 있으면 꼭 날 불러야 해! 무슨 수를 써서라도 도우러 갈 테니까."

샘은 눈을 떴다. 아직 몸이 계속 떨리고 있었다. 보이코 역시 무언가를 느꼈는지 몸이 심하게 떨리고 있었다.

'철컥.'

문이 열렸다.

"내가 말한 그놈이 여기 있어."

회색빛의 두건을 푹 눌러쓴 사람이 방 안으로 걸어 들어왔다. 그 사람의 키는 다른 사람보다 훨씬 더 컸다. 옆에 있는 별의 키가 그 사람 명치 정도밖에 오지 않았다. 회색빛 두건을 쓴 그 사람은 어깨높이의 지팡이를 짚으며 방 안으로 들어왔다. 지팡이 끝에는 다른 별들의 것보다 더 큰 구슬이 있었고 구슬 양쪽에는 금색 날개 모양의 장신구가 있었다. 샘은 그 사람이 길잡이라는 사실을 곧바로 알아챌 수 있었다. 고바난이 말했던 대로 별들과는 차원이 다른 오라를 내뿜고 있었다.

"겁도 없는 꼬맹이구나. 혼자 들어와서 여기를 뒤집어 놓을 생각을 하다니."

길잡이는 얼굴이 닿을 정도로 샘에게 가까이 다가왔다. 길잡이는 두건 안에도 가면을 쓰고 있었다.

"어떤 놈인지 좀 알아봐야겠구나."

길잡이가 왼손을 앞으로 뻗었다. 그러자 손 앞에 빛이 생겨났다. 그 빛에서 샘의 지팡이와 두건이 튀어나왔다. 길잡이는 손가락을 마주쳐 소리를 낸 후 주먹을 쥐었다. 손을 펴자 손안에 샘이 가지고 있던 신분증이 있었다. 길잡이는 신분증을 구슬에 갖다 댔다. 구슬은 푸른빛을 내기 시작했다.

"유신······ 이라고?"

길잡이는 말하고 나서 지팡이를 두 번 정도 흔들더니 다시 구슬을 바라보았다. 구슬은 다양한 빛을 내며 색이 바뀌기 시작했다. 길잡이는 말없이 구슬을 바라보고 있었다.

"너 이 신분증 어디서 났어? 유신은 이미 오래전에 죽었다고 나오는데."

셈은 아무 말도 하지 않았다. 말 한 번 잘못하면 더 많은 사람이 위험에 처할 수 있다는 것을 알았기 때문이다. 길잡이는 계속 셈을 바라보고 있었다. 셈 역시 길잡이를 같이 쳐다보았다. 그때 갑자기 셈의 머리가 어지러워지기 시작했다. 무언가가 셈의 머릿속을 뒤집어 놓는 것 같았다. 셈은 뭔가 잘못되고 있음을 느꼈다. 길잡이가 셈의 생각을 읽으려고 한다는 것을 본능적으로 알아챘다.

셈은 재빨리 눈을 감고 생각의 줄기를 느끼기 위해 집중했다. 하지만 길잡이의 기운이 자꾸 셈을 집중하지 못하도록 방해했다. 셈은 잠에 빠졌다. 꿈속에서야 간신히 생각의 줄기를 볼 수 있었다. 셈의 생각의 줄기는 이미 길잡이의 머릿속을 향하고 있었다. 셈은 필사적으로 그 줄기를 끊기 위해 손으로 그 줄기를 잡아끊으려고 했다. 고바난과 수없이 연습했음에도 길잡이가 생각을 읽지 못하도록 막는 것은 다른 차원의 문제였다.

셈은 생각의 줄기가 길잡이에게 가는 것을 틀어막으려고 했다. 손으로 꽉 쥐어 보기도 하고 주먹으로 치기도 했다.

'제발······ 제발······.'

셈은 마음속으로 간절히 빌었다. 고바난이 셈을 도와줬다는 사실을 알게 되면 고바난도 무사하지 못할 것이다. 그때 문득 셈은 어린 시절, 무두셀라가 자기에게 했던 말이 떠올랐다.

'너의 영혼의 힘은 너의 믿음이 강해질 때 더 강해질 거란다. 믿음이란 건 네가 억지로 노력한다고 해서 강해지지는 않아. 항상 자연스러워야 해. 믿음의 영역은 오히려 힘을 들이지 않을 때 가장 강한 법이야.'

급할수록 돌아가라고 했던가. 셈은 간절한 마음을 모두 내려놓았다. 그리고 마음을 비웠다. 셈의 눈앞에 있는 것도, 앞으로 벌어질 일도 생각하지 않기로 했다. 셈은 생각의 줄기가 계속 길잡이에게 흐르는 것을 느끼고 있었다. 그런데 그건 너무나 자연스러운 일이었다. 물이 위에서 아래로 흐르듯 셈의 생각이 길잡이에게 흘러가는 것은 당연했다. 하지만 이제부터는 이 흐름을 막아야 한다. 그것뿐이었다. 셈은 길잡이와 자기 사이에 거대한 벽을 만들었다. 생각의 흐름이 벽에 막히도록, 길잡이에게 흐르지 못하도록 아주 단단한 벽을 세웠다. 이제 벽이 생겼으니 생각이 셈에게서 길잡이로 흘러가지 않는 건 당연한 일이었다.

"오우. 대단하구나. 내 생각 읽기를 막아 내다니."

셈은 다시 눈을 떴다. 길잡이는 셈 앞에 서 있었다.

"그래도 뭐 내가 원하는 정보는 다 얻어 냈으니까 됐어. 에녹의 후손이라더니 사실이었구나. 야벳의 동생이잖아? 역시 피는 못 속이는군. 하는 짓이 꼭 닮았어."

"야벳? 너 우리 형을 알아?"

"알다마다. 네 형과 함께 괴수들과 전쟁을 벌인 적이 있었지. 네 형도 샛별회의 일원이니까. 말 나온 김에 너도 형이랑 같이 샛별회에 들어와 활동해 보는 게 어때? 샛별회에 들어온다고만 하면 목숨은 살려 줄 수 있는데."

"거짓말! 우리 형이 이런 역겨운 일에 동참했을 리가 없어!"

길잡이는 킥킥대며 웃었다.

"역시 이제 막 세상에 첫 발을 내딛은 애송이 티가 나는군. 가능신의 명령을 받아서 신들을 무너뜨리겠다고 했지? 근데 너도 이젠 현실을 알아야 해. 인간을 만든 가능신은 신들에게 완전히 패했어. 이제 신들을 막을 수 있는 방법을 인간 스스로 찾아야 한다는 말이야."

"웃기지 마. 그런 거짓말로 사람들을 속여 먹은 거야? 난 분명 가능님의 목소리를 들었어. 이 세상을 창조해 낸 가장 위대하신 가능님의 목소리를 말이야."

"알아. 난 가능신의 능력을 낮잡아 보거나 가능신을 싫어하는 게 아니야. 오히려 그 반대지. 가능신도 인간의 입장에서는 엄청난 신이지만, 아쉽게도 신들에게 패배해 버렸어. 가능신이 약한 게 아니라 신들이 상상을 초월할 정도로 강한 거야. 가능신의 영향력이 있는 곳은 에녹의 자손이 살고 있는 조그만 땅뿐이야. 그 외에 온 세상은 신들의 지배를 받고 있어.

다만 가능신은 다른 신들과는 다르다는 건 인정해. 충분히 믿을 수 있는 신이야. 인간에게 아주 강한 애정이 있어서 유일하게 인간에게 도움을 주고 싶어 하는 신이라는 것은 나도 잘 알고 있거든. 에녹이라는 사람이 가능신의 따뜻한 마음을 온 세상에 보여 준 적이 있으니까. 신들이 에녹을 죽이려고 했을 때 가능신이 에녹을 자신의 거처로 데려가서 숨겨 버린 일이 있었어.

그전까지는 신이 인간을 위해서 그렇게까지 하는 경우는 상상도 할 수 없었지. 에녹의 경우만 봐도 가능신은 인간의 편이야. 하지만 그 이후로 가능신의 힘이 사라져 버려서 사람들은 가능신이 신들에게 죽었을 거라고 생각했어. 그런데 샛별회에서는 가능신이 아직 살아 있다는 사실을 밝혀냈지. 에녹의 자손에게는 여전히 가능신의 힘이 아직 남아 있다는 것을 알아냈거든. 네가 동물과 대화할 수 있는 게 바로 그 증거야.

그래서 지금 샛별님과 길잡이들은 에녹의 후손을 찾고 있어. 인간이 가능신의 능력과 결합한다면 신들을 무너뜨리는 게 꿈이 아닐지도 몰라. 그래서 나도 너에게 기회를 주려고 하는 거야. 원래대로라면 넌 샛별회의 규칙에 따라 여기서 죽어야 해. 하지만 네가 샛별회에 위협도 안 되는 순수한 꼬맹이라는 사실을 알아낸 이상 무고한 인간을 죽이고 싶지 않아.

지금의 넌 신들과 싸운다고 해도 절대로 이길 수 없어. 하지만 네가 원한다면 우리가 널 더 강해질 수 있도록 도와줄 수 있어. 거기다 네가 가능신의 도움도 받는다면 어쩌면 넌 인간의 유일한 희망으로 떠오를지도 몰라. 어때? 앞으로 샛별회와 함께하는 게? 현재 상황에서 우리와 함께하는 게 너의 꿈을 이루기 위한 최고의 방편이야."

셈의 머릿속은 한껏 혼란스러워졌다. 셈이 이제껏 알아 왔던 사실과는 많이 달랐기 때문이다. 하지만 오늘 처음 본 사람을, 그것도 신성한 계약을 멋대로 파괴하는 사람을 덥석 믿기란 쉽지 않은 법이다.

"거짓말 치지 마! 가능님의 힘이 인간을 떠난 건 가능님이 신들에게 패배해서가 아니야. 인간이 죄를 지어서 가능님과의 계약을 깨 버렸기 때문이라고. 가능님은 모든 신들보다 더 위대하신 분이야. 인간이 자신의 죄에서 돌아서서 다시 가능님과의 계약을 지키기 시작하면 가능님은 인간을 도와주실 거야. 너희가 하는 건 인간들을 위한 게 아니야. 인간을 강하게 만들겠다는 핑계로 가능님이 잘 돌보라고 만들어 주신 동물을 죽이고 있어. 아니야? 이렇게 신성한 계약을 무시할수록 인간은 더 약해져 갈 거야. 그러니까 난 이런 짓을 하는 사람들과 함께할 수 없어."

셈은 흥분해서 목소리를 높였다. 셈에게 가능신은 모든 것이 가능한 신이다. 인간의 도움을 받을 필요도 없고, 다른 신들에게 위협을 당하지도 않는다. 원한다면 모든 것을 다 없앴다가 다시 새롭게 만들 수 있는 신이다. 모든 신도, 인간도, 생명체도 가능신 앞에서는 한낱 먼지일 뿐인 것이다.

"의지가 꽤 확고하구나. 너의 마음을 돌리기는 힘들겠어."

길잡이는 지팡이로 바닥을 두 번 두드렸다. 그러자 셈과 보이코를 묶고 있던 줄이 스르르 풀리기 시작했다. 천장에 묶여 있던 셈과 보이코는 그 덕에 바닥으로 내동댕이쳐지고 말았다.

"네가 여기서 살아남을 수 있는 방법이 있어. 여기서 날 죽이고 나가는 거야. 샛별회는 길잡이보다 강한 인간을 절대 죽이지 않아. 그 정도로 강한 사람은 인간의 희망이니까. 네가 정말 인간의 희망이라고 생각한다면 한 번 증명해 봐."

길잡이가 왼손을 쭉 뻗었다. 그러자 그의 손에 셋의 망치가 들려 있었다. 길잡이는 망치를 셈에게 던졌다. 셈은 뻐근한 몸을 일으켜 세우며 망치를 집어 들었다. 셈은 어떻게 해야 할지 망설였다. 사람을 죽여야겠다는 생각을 해 본 적이 없었기 때문이다.

"뭐 하는 거야? 사람 죽이는 게 겁나? 내가 널 죽이려고 하는 데도? 그런 약해 빠진 상태로는 이 세상에서 살아남을 수가 없어."

길잡이는 지팡이를 두 손으로 잡더니 셈의 다리를 후려쳤다. 셈은 둔탁한 지팡이 공격을 받고 그대로 몸이 공중에 떠올랐다. 셈은 땅에 떨어져 바닥에 내동댕이쳐졌다. 셈이 쓰러진 것을 보고 보이코가 길잡이에게 달려들었다. 길잡이는 지팡이의 끝으로 보이코를 찔렀다. 지팡이로 찌르는 순간 지팡이 끝이 카르카단의 뿔처럼 변했다.

보이코의 옆구리에 지팡이가 관통했다. 보이코는 순간적으로 공격을 피해서 치명상은 면했지만 옆구리에서 피가 흘러나왔다. 길잡이는 이어서 손바닥으로 보이코의 배를 강하게 밀어 쳤다. 덕분에 보이코는 날아가서 벽에 세게 부딪쳐 버렸다.

길잡이는 높이 뛰어올랐다. 그리고 끝이 카르카단의 뿔로 변한 지팡이를 넘어져 있는 보이코의 머리에 꽂아 넣으려고 하고 있었다. 셈은 일어나 다리를 절며 보이코가 있는 곳으로 뛰어들었다. 그리고 망치로 길잡이의 지팡이를 막아 냈다. 길잡이는 셈의 배를 발로 걷어찼다. 셈도 날아가 벽에 세게 부딪쳐서 바닥에 뒹굴었다.

"어설프게 싸우다간 죽어. 너도, 여기 있는 곰도, 네가 지키려는 카르카단도 전부 다."

길잡이는 넘어져 있는 셈의 몸을 꿰뚫어 버리려고 했다. 보이코는 다시 일어나 지팡이 옆쪽을 물어서 셈이 피할 시간을 벌어다 주었다. 셈은 다시 일어나 일단 길잡이와 거리를 두었다. 길잡이도 지팡이를 보이코의 입에서 빼냈고, 보이코도 길잡이가 공격할 수 없게 거리를 두었다. 길잡이에게서 나오는 살기가 셈의 간담을 서늘하게 만들었다. 셈은 죽을 각오로 싸우지 않으면 정말 모두 죽을 거라는 것을 깨달았다. 셈은 망치를 고쳐 잡았다.

길잡이의 힘은 셈이 상상했던 것을 월등히 뛰어넘었다. 보이코와 합동 공격으로 주위를 분산시키지 않으면 승산이 없다는 것을 셈과 보이코 모두 느끼고 있었다. 셈은 보이코에게 눈짓으로 신호를 보냈다. 셈과 보이코는 양쪽에서 동시에 길잡이에게 뛰어들었다. 길잡이는 가만히 서서 지팡이로 바닥을 한 번 탁 쳤다. 그러자 길잡이에게 뛰어들던 셈과 보이코는 그대로 날아가 벽에 한 번 꽂힌 뒤 바닥에 쓰려졌다.

길잡이는 들고 있던 지팡이를 보이코에게 집어던졌다. 지팡이는 날아가면서 거대한 뱀으로 변하기 시작했다. 보이코는 다시 일어나서 뱀과 맞서 싸웠다. 하지만 그 뱀은 보이코가 상대하기에 너무 큰 뱀이었다. 뱀은 순식간에 보이코의 몸을 감더니 보이코의 숨통을 조이기 시작했다.

"보이코!"

셈은 재빨리 보이코에게 뛰어갔다. 하지만 길잡이가 셈의 앞을 가로막았다.

"남 걱정하지 말고 네 걱정이나 하시지?"

길잡이가 셈의 배에 왼손바닥을 휘둘렀는데 셈에게 손을 휘두르는 순간 손은 호랑이의 앞발로 변해 있었다. 길잡이는 셈의 몸통을 발톱으로 할퀴어 버렸다. 하지만 셈이 입고 있던 타라스크 갑옷 덕분에 셈은 다치지 않았다. 셈은 길잡이를 향해 망치를 크게 휘둘렀다.

"타라스크 갑옷인가⋯⋯. 단단하군."

하지만 길잡이가 한 발 더 빨랐다. 망치가 채 닿기도 전에 길잡이는 중얼거리며 오른손을 셈의 배에 꽂아 넣었다. 그때 길잡이의 손은 카르카단의 발굽으로 변해 있었다. 셈은 그 공격을 받고 다시 날아가 벽에 충돌했다. 땅에 떨어지면서 셈은 입에서 피를 토해 냈다. 그사이 보이코는 이미 죽은 듯이 축 늘어져 있었다. 뱀은 보이코를 처치한 후 다시 길잡이에게 돌아왔다. 길잡이가 뱀을 만지자 뱀은 다시 지팡이로 변했다.

셈은 쓰러진 보이코를 보자 분노에 차올랐다. 다시 일어나려고 발버둥쳤지만 몸이 말을 듣지 않았다. 셈은 바닥에서 꿈틀대기만 할 뿐 몸을 일으킬 수가 없었다. 길잡이는 왼손을 번쩍 들더니 다시 아래로 세차게 내렸다. 그러자 철창이 하늘에서 떨어져 보이코와 셈을 가둬 버렸다. 그리고 쇠고랑이 내려와 셈과 보이코의 손목과 발목을 구속했다. 셈과 보이코는 큰대자로 손목 발목이 묶여 공중에 매달렸다.

"고작 이 정도로 신을 쓰러뜨리겠다고 나선 거야?"

길잡이는 철창과 붙을 정도로 가까이 다가왔다.

"이 정도로 넌 괴수 한 마리도 못 이겨. 만약 네가 계속 설치고 다닌다면 여기서 살아남는다고 해도 죽는 건 시간문제야."

셈은 말을 하고 싶었지만, 숨이 멎을 것 같아 말을 꺼낼 수가 없었다. 셈의 입에서는 대답 대신 피가 섞인 기침이 나왔다.

"사실 난 네가 날 쓰러뜨리길 기대했어. 신처럼 강한 인간이 나타나서 인간을 구해 줬으면 싶었거든. 널 사지로 내몰면 혹시 가능신의 힘을 볼 수 있지 않을까 싶었는데 그런 것도 아니구나. 가능신의 힘이 깃들어 있다는 셋의 망치도 막상 보니 우리가 개발한 무기들에 비하면 평범한 망치에 지나지 않아."

셈은 숨을 최대한 골랐다. 통증도 잠깐이지만 누그러들었다. 그러고는 힘겹게 말을 이었다.

"인간이길 포기하고 구차하게 사느니……. 차라리 죽음을 택하겠어……. 인간이 약하다고……. 가능님의 능력이 약한 게 아니야……. 단지 인간이 가능님을 떠나서 가능님의 능력을 보지 못할 뿐이야……. 가능님과 태초에 맺었던 계약을 지켜 나간다면…… 가능님은 언제든지 인간을 도와주실 거야……."

가스바드

길잡이는 셈의 말을 듣더니 셈을 보며 한동안 가만히 서 있었다. 그러더니 지팡이 끝으로 바닥을 두 번 내리쳤다. 쇠창살은 무너져 내리고 셈과 보이코를 묶고 있던 쇠사슬이 풀렸다. 셈과 보이코는 바닥으로 떨어졌다.

"자, 이걸 먹어라."

길잡이는 구슬 크기의 동그란 환을 셈에게 던졌다. 셈은 앞에 환이 떨어졌지만, 의심의 눈초리로 길잡이를 쳐다보기만 했다. 그러자 길잡이는 축 늘어져 있는 보이코의 입 속에 그 환을 밀어 넣었다. 시간이 조금 지나자 보이코는 꿈틀대더니 눈을 번쩍 떴다. 엎드린 채로 길잡이를 올려다보고 나서 잽싸게 몸을 일으켰다.

"우어어어!"

보이코는 괴성을 지르며 길잡이에게 달려들었다. 길잡이는 지팡이를 보이코를 향해 쭉 뻗었다. 그러자 길잡이가 손으로 쥐고 있는 부분부터 지팡이가 뱀으로 변하더니 보이코를 휘감아 움직이지 못하게 만들었다.

"어서 먹어. 안 그럼 넌 여기서 그대로 죽는다."

셈은 앞에 있는 환을 향에 손을 뻗어 입안으로 밀어 넣었다. 환이 입에서 목구멍으로 넘어가는 것이 느껴졌다. 환이 지나가는 곳은 시원해졌기 때문이다. 환이 배에 들어가자 몸 구석구석으로 시원한 기운이 들어왔다. 셈은 몸에 고통이 조금씩 누그러드는 것을 느낄 수 있었다. 셈은 몸을 일으켰다.

"왜 날 살려 주는 거지? 난 샛별회의 규칙에 의해서 죽어야 한다면서."

"그 규칙을 만든 게 바로 나야. 샛별회에서는 규칙보다 규칙을 만든 사람이 더 위대해. 난 무고한 사람을 죽이기 위해서 이런 규칙을 만든 게 아니야. 샛별회를 지키고 인간을 지키기 위해서 만든 거지. 우리에게 아무런 위협도 안 되는 순진한 녀석을 죽일 만큼 난 잔혹하지 못해. 그리고 그게 에녹의 후손이라면 더더욱 죽이기는 아깝지. 그렇다고 내가 너의 순진한 말에 설득됐다고 착각하지는 마. 난 아직도 네가 인간을 위하는 사람이라면 샛별회에 들어오는 것이 맞다고 생각해.

그런데 네가 샛별회에 들어오지 않겠다면 네 방식대로 계속해서 더 강해져 봐. 나도 네가 어디까지 강해질지 궁금하니까. 신들만큼 강한 인간이 만들어질 수 있다면 그건 가능신의 힘과 결합한 인간만이 유일할 거야. 그렇게 보면 너도 그 가능성을 지닌 사람 중에 하나겠지."

길잡이는 절반쯤 뱀으로 변해 있는 지팡이를 다시 원래대로 돌려놨다. 보이코는 뱀에게서 풀려났지만 더 이상 길잡이를 공격하지는 않았다. 길잡이는 문 쪽으로 몸을 돌렸다. 길잡이가 문을 향해 다가가자 문은 저절로 열렸다.

"뭐 해? 나오지 않고. 평생 여기 있을 셈이야?"

길잡이는 문밖으로 나가며 셈에게 말했다. 셈은 잠시 주저했다. 하지만 결국 길잡이와 함께 문밖으로 나왔다. 그곳은 산 위에 있는 작은 건물이었다. 앞에는 깎아지는 절벽이 있었고 주변에는 그 작은 건물 외에는 아무것도 존재하지 않았다. 보이코도 셈의 뒤를 쫓아 밖으로 나왔다. 그러자 문은 저절로 닫혔다. 오랜만에 밝은 빛을 보니 셈은 눈이 부셨다. 온몸에 따뜻한 기운이 퍼져 나가는 것을 느낄 수 있었다.

"내 이름은 가스바드야. 너와 내가 같은 것을 추구하고 있다면 언젠가 다시 만나게 되겠지. 가스바드라는 이름을 어디선가 듣게 된다면 그게 나를 말하는 거라고 생각해도 좋아. 우리 만남은 다른 사람들에게는 비밀이야. 생각이 바뀌어서 샛별회에 오고 싶다면 언제든지 나를 찾아오라고."

길잡이는 절벽 너머의 하늘을 쳐다보며 말했다. 그러면서 셈의 주머니와 환을 담은 통을 건네주었다.

"샛별회에서 개발한 약이야. 아직 네 상처가 완전히 낫지는 않았을 거야. 3일 정도 매일 하나씩 먹도록 해."

셈은 주머니와 가스바드가 건넨 약을 받아 들었다.

"그래. 고마워. 난 셈이야."

셈은 가스바드의 행동이 이해가 가지 않아 참지 못하고 가스바드에게 질문을 던졌다.

"그런데 왜 날 도와주는 거지? 난 너희들 계획을 엉망으로 만들려고 했어. 그리고 너희들이 앞으로도 이런 짓을 계속한다면 난 똑같이 엉망으로 만들 거라고 했는데 말이야."

"그냥. 널 보면서 나와 되게 비슷하다는 생각을 하게 됐어. 너는 아직 이해를 못하겠지. 신을 대항하는 조직을 만드는 것 자체가 세상 사람들에게는 비현실적인 이야기라는 걸. 그래서 샛별회가 신들을 대항하기 위해 만들어진 조직이라는 것을 믿지 않는 사람들도 많아. 대부분 샛별회가 그저 엘리트들의 기득권을 보호하기 위해 만들어진 집단이라고 믿지. 그런 면에서 나도 너처럼 비현실적인 꿈을 꾸는 사람인 셈이야. 난 네가 싫은 게 아니야. 오히려 난 네가 원하는 것을 반드시 이뤄 냈으면 좋겠어. 그런데 그냥 너의 계획이 너무 이상적이라는 거야.

아무런 희생도 없이 원하는 것을 이루면 좋겠지. 하지만 세상이라는 게 그렇지 않더라고. 무언가를 이루기 위해서는 희생이 필요한 법이야. 그건 네가 더 잘 알고 있지 않아? 죄를 용서 받고 가능신께 제사를 드리기 위해서 순결한 어린 동물의 희생이 필요하잖아.

우리도 마찬가지야. 우리는 가능신이 만든 생물체들이 멸종되지 않는 세상을 꿈꿔. 가능신이 만든 인간도, 동물도 고통받지 않았으면 해. 그 꿈을 실현하기 위해서 카르카단의 희생이 필요한 것뿐이었어. 그리고 우린 그 희생이 헛되지 않기 위해서 더 강해지려고 노력했고."

셈은 가스바드의 말을 듣고 나니 적대감이 조금은 줄어들었다. 어쩌면, 아주 어쩌면 샛별회와 셈이 원하는 것은 같은 것일지도 모른다는 생각이 들었다.

"좋아. 나도 이제 너희들이 어떤 생각을 하는지 조금은 이해할 것 같아. 그래도 난 카르카단을 보호해야 할 책임이 있어. 카르카단과 약속했거든. 너희가 카르카단을 계속 학살한다면 난 계속 너희들과 싸울 수밖에 없어."

가스바드는 아무런 대답을 하지 않았다. 잠시 침묵이 흐른 후 가스바드는 지팡이에 있는 구슬을 입술 쪽으로 가까이 가져갔다. 구슬은 다양한 색깔로 빠르게 변하기 시작했다.

"거기 들리나? 현 시간 부로 카르카단 실험을 전면 중단한다. 앞으로는 매해 카르카단을 잡아 오지도 말고 카르카단을 죽이지도 마. 그리고 지금 살아 있는 카르카단은 전부 풀어 줘. 이제 너희는 카르카단 실험보다 더 중요한 임무를 맡게 될 거야. 그동안 수고 많았어. 카르카단 프로젝트는 완전히 끝났다. 위치를 알려 줄 테니 셈을 데리러 와. 셈의 목숨을 건들지 말고 그냥 풀어 줘. 이상 길잡이 명령이다."

말을 마치고 길잡이는 셈을 향해 고개를 돌렸다.

"됐지? 이제 카르카단은 안전해. 이제 너와 샛별회가 싸울 일은 없는 거야. 맞지?"

너무 쉽게 문제가 해결되자 셈은 너무 당황스러웠다. 하지만 가스바드의 질문에 셈은 고개를 끄덕였다.

"왜……? 왜 나를 위해서 이 모든 계획을 중단하는 거야? 어쨌든 너도 너 나름대로 중요한 목적이 있었던 거잖아."

"뭐…… 사실 카르카단 실험을 통해서 얻고 싶었던 것은 거의 다 얻은 상황이야. 실험을 언제 중단해야 할지 계속 고민하고 있었어. 그저 예상보다 더 일찍 실험을 끝낸 것뿐이야. 물론 네 덕에 실험의 결과를 확인해 볼 수도 있었지. 그리고 무엇보다 난 더 이상 너와 샛별회가 갈등을 일으키지 않았으면 좋겠다는 생각이 들었어. 샛별회 임무 중에서 카르카단 실험은 정말 사소한 임무에 불과해.

샛별회에서 가장 중요하게 여기는 임무는 신에게 대항할 수 있는 강한 마음과 육체를 가진 사람을 많이 확보하는 거야. 사소한 임무로 너처럼 강한 마음을 가진 사람을 적으로 만들 수는 없는 노릇이지. 난 그저 이번 사건 때문에 네가 샛별회에 나쁜 감정을 가지지 않았으면 해. 아직 넌 약한 어린애에 불과하지만 몇백 년이 지나면 정말 강한 사람이 충분히 될 수 있을 것 같거든. 그리고 그때가 되면 네가 샛별회에 들어오지 않더라도 샛별회와 협력해서 인간을 위한 일을 해 나갈 수도 있는 거잖아. 안 그래?"

"만약…… 샛별회가 가능님과 인간을 위한 일을 한다면…… 어쩌면…… 협력할 수 있을지도 모르지……."

셈은 대답하기를 망설였다. 아직 샛별회에 대해 마음을 완전히 열기에는 모르는 것이 너무 많았기 때문이다.

"그래. 그거면 됐어."

가스바드는 휘파람을 길게 불었다. 그러자 갑자기 바람이 불어오기 시작했다. 바람이 점점 거세지더니 나중에는 하늘이 어두워지며 셈의 몸이 날아갈 정도로 세게 불기 시작했다. 셈과 보이코는 몸을 바짝 수그려서 바람에 날아가지 않게 버텼다. 해는 점점 어두워지더니 일식이 일어난 것처럼 자취를 감춰 버렸다. 셈이 간신히 위를 올려다보자 어떤 거대한 것이 태양을 가리고 있었다. 그리고 그것이 셈이 있는 곳에 가까워질수록 세상은 다시 밝아지기 시작했다.

셈은 태양을 가렸던 그것의 형태가 뚜렷하게 보이기 시작했다. 그건 바로 새였다. 집채만큼 거대한 새였다. 그 새는 가스바드 앞에 내려앉았다. 그리고 새의 머리는 황금 머리를 가진 카르카단처럼 황금으로 덮여 있었다. 가스바드는 그 새의 등 위에 올라탔다.

"난 이만 가 봐야겠어. 별들이 널 데리러 올 거야. 널 도와주러 오는 거니까 너무 미워하지는 마."

가스바드가 새의 등 위에 앉아 셈에게 말했다.

"그래. 어쨌든 도와줘서 고마워."

"그리고 너희 형이 샛별회 일원이라는 건 거짓말이야. 혹시 형이 샛별회라고 하면 네가 샛별회에 들어올까 싶어 거짓말 쳤어. 네 형은 괴수와 인간이 전투를 벌이는 와중에 우릴 만나서 같이 괴수와 전투를 벌인 것뿐이야. 네 형도 너처럼 샛별회에 들어오기는 싫어하더라고."

"정말이야? 어쩐지 뭔가 이상하다 싶었어. 난 형이 집 밖에 나온 뒤로 변해 버린 게 아닐까 걱정했었어."

가스바드는 킥킥대며 웃었다.

"네 형은 아마 네가 알던 그대로일 거야. 몸과 마음이 엄청 강한 사람이라고. 내가 아직도 탐내고 있는 사람 중에 한 명이야. 어쨌든, 너 같이 순수한 마음을 가진 사람을 만나서 나도 모처럼 기분이 좋았어. 다음에 만나게 되면 그땐 좋은 일로 만났으면 좋겠다."

"그건 나도 마찬가지야. 난 사람들끼리 싸우는 건 정말 싫어."

"그래. 그럼 다시 만날 때까지 죽지 말고 잘 지내고 있으라고!"

거대한 새는 크게 날갯짓을 하더니 날아올랐다. 새는 태양을 넘어 엄청나게 빠른 속도로 날아갔다. 셈은 새를 향해 눈을 떼지 않았다. 새의 크기가 점점 작아지더니 나중에 개미만큼 작아졌다. 그리고 나중에는 시야에서 사라져 버렸다.

에필로그

셈은 카르카단 등에 오른 채 다시 고바난의 마을로 돌아왔다. 긴 여행으로 셈의 눈은 피로로 가득 찼다. 돌아올 때는 갈 때보다 시간이 두 배는 더 걸렸다. 돌아오는 무리가 더 불어났을 뿐더러 오랜 시간 갇혀 있었던 카르카단은 제대로 걸을 힘도 없었기 때문이다.

셈의 무리는 중간중간 쉬면서 약해진 카르카단들에게 먹이를 먹이고 휴식을 취해 줘야 했다. 셈이 마을 근처에 다다르자 고바난과 마을 사람이 셈을 기다리고 있는 것이 보였다. 마을 주위를 경계하던 동물들이 카르카단 무리를 보고 미리 알려 준 것이다.

마을에 도착하니 고바난이 제일 먼저 달려 나와 셈을 맞았다. 셈은 카르카단 위에서 내려와 고바난과 포옹을 했다.

"진짜로 카르카단을 구해 오다니 너 정말 대단한 놈이구나."

고바난이 말했다.

"이제 막 세상에 발을 디뎠다고 무시해서 미안하다. 네가 순진한 게 아니라 나보다 몇 배는 더 강했다는 걸 이제 알겠어."

준수도 셈에게 오더니 셈을 끌어안으며 말했다.

"셈. 널 환영하기 위해서 축제를 준비하던 차였다. 엄청난 일을 해내고 왔으니 다음 일은 잠시 잊어 두고 오늘은 같이 즐기도록 하자!"

"에잇!"

'철푸덕!'

그때 보이코가 소리를 질렀다. 그리고 준수의 독수리인 술희의 몸이 똥으로 뒤범벅되어 있었다. 보이코는 킥킥대며 기쁨을 주체하지 못하고 있었다. 술희는 똥을 뒤집어쓴 채로 얼굴에 분노를 가득 품고 있었다.

"보이코, 지금 뭐 하는 거야! 기분 좋은 날 꼭 이런 짓을 해야겠어?"

"내버려 둬, 셈. 괜히 일 키워서 오늘 같은 날을 망치면 안 되지. 먼저 축제에 가 있어. 난 술희 좀 씻기고 갈게."

축제에는 다양한 과일과 곡식, 음료들로 가득 차 있었다. 셈은 사람들과 같이 뛰놀고 먹고 노래를 불렀다. 카르카단 무리 역시 축제에 같이 참여했다. 카르카단과 마을 사람은 사이가 매우 안 좋았었지만, 셈이 카르카단을 모조리 구출해서 돌아온 이후로 서로에 대한 경계심이 사라진 듯 보였다.

사람들은 카르카단과도 같이 어울려 놀았다. 카르카단 등에 타 보기도 하고 카르카단과 힘겨루기도 했다. 셈은 어디를 가든 영웅 대접을 받았다. 처음 박수와 환호를 받을 때는 어색했지만 그것도 곧 익숙해져 갔다.

날이 슬슬 저물기 시작하자 사람들은 가운데에 장작을 모아 놓고 불을 피웠다. 카르카단과 사람들이 어우러져 불 주위를 돌며 주스도 마시고 춤도 췄다. 그때 고바난이 슬며시 셈에게 다가왔다.

"잠깐 우리 집에 가서 이야기 좀 할까?"

셈은 고바난의 집에 들어갔다. 고바난은 셈이 편하게 앉을 수 있도록 의자를 내어 주었다.

"샛별회에서 지령이 내려왔어. 더 이상 카르카단을 보내지 말라고 말이야. 그때 난 네가 계획을 성공시켰다는 것을 알았지. 그 지령을 듣고도 믿기지가 않더라고. 진짜 대단하다 셈. 넌 말도 안 되는 일을 해낸 거야."

"아니야. 거기서 사실 내가 한 건 별 게 없었어. 그냥 운이 좋았던 거야."

"도대체 어떻게 한 거야? 나한테 거기 있었던 일 좀 이야기해 줘."

셈은 고바난의 말을 듣고 한동안 생각에 잠겼다. 고바난에게 이야기를 해 주는 것이 좋을지 확신할 수 없었기 때문이다. 고바난은 셈이 길잡이를 만났을 거라고 생각하지 못하는 듯했다. 셈은 그때 가스바드에게 생각을 읽혔다는 사실을 떠올렸다. 가스바드가 셈의 생각을 어디까지 읽었는지 알 수 없었지만, 혹시나 가스바드가 고바난에 대한 것도 알아냈다면 과연 가스바드는 고바난을 그대로 내버려 둘까?

셈은 아무래도 이야기하지 않는 편이 낫겠다는 생각이 들었다. 셈이 보고 들은 모든 이야기를 고바난이 알게 된다면 고바난에게 오히려 더 안 좋은 영향을 미칠지도 모른다. 고바난은 자기가 보낸 카르카단이 어떻게 되었는지 알면 어떤 반응을 보일까? 어떤 반응을 보이든지 셈은 썩 유쾌할 것 같지 않았다.

셈이 말했다.

"그 이야기는…… 일단 덮어 두는 게 좋겠어. 나중에 때가 되면 그때 이야기해 줄게."

고바난은 싱긋 웃으며 대답했다.

"그래. 뭐, 선뜻 이야기해 줄 것 같지는 않았어. 다음에 꼭 들을 수 있었으면 좋겠다."

셈이 말했다.

"응. 나도 꼭 맘 편히 이야기할 수 있는 날이 왔으면 좋겠어."

"그럼 셈. 넌 앞으로 어떻게 할 거니? 계속 더 멀리 떠날 생각이야?"

"당연하지. 아직 해야 할 일들이 남아 있는데."

고바난의 표정은 사뭇 진지해졌다. 셈을 걱정하는 기색이 역력했다.

"항상 조심해. 너의 능력에 대해 더 이상 의심을 품지 않겠지만 그래도 바깥세상은 완전 차원이 다른 세계니까."

"걱정해 줘서 고마워. 그럼 넌 이제 어떡할 거야?"

"난 샛별회에서 다음 지령이 있을 때까지 여기 머물러야지."

셈은 집에 잠시 보관해 두었던 신분증과 지팡이, 두 건을 소환해 냈다. 그리고 잠시 생각을 하다가 입을 열었다.

"이것들은 기념으로 나한테 선물해 줬으면 좋겠어. 우리가 좋은 역사를 만들었다는 증거가 될 수 있도록 말이야."

고바난은 빙그레 웃었다.

"좋아. 너라면 충분히 가질 자격이 있어. 내 친구 유품이지만, 결국 언젠가 다른 누군가의 손에 들어가겠지. 그런데 그게 너라면 괜찮을 것 같아. 내 친구도 너처럼 순수하고 강한 마음을 가지고 있었거든. 우리의 만남을 기억하면서 부디 잘 보관해 주렴."

셈은 고바난이 셈에게 순순히 물건을 건네줘서 다행이라는 생각이 들었다. 가스바드는 그 물건이 유신의 것임을 알고 있었다. 셈은 고바난이 이것들을 가지고 있다가 난처해질 수 있다고 생각했다. 셈은 입고 있던 타라스크 갑옷을 벗었다. 그리고 고바난에게 건넸다.

"자. 이건 증조할아버지가 어렸을 때 나한테 준 거야. 아끼던 타라스크가 늙어 죽고 나서 녀석을 기념하기 위해 갑옷으로 만들어 입었대. 이건 내가 너한테 주는 선물이야."

고바난은 깜짝 놀라며 갑옷을 받아 들었다.

"오우 셈. 마음은 정말 고맙지만 이건 너한테 더 필요한 것 같아. 넌 앞으로 더 위험한 모험을 떠나게 되잖아."

"아냐. 이제 필요 없어. 받아 둬. 내가 가려는 곳에서 타라스크 갑옷은 아무런 역할도 하지 못할 거야. 이 녀석은 날 더 이상 보호해 주지 못해. 내가 지금보다 더 강해지지 않으면 무슨 갑옷을 입든 위험에 처하게 될 거야."

고바난은 조용히 고개를 끄덕거렸다.

"그곳에서 무슨 일이 있었는지는 모르지만, 꽤 많은 일이 있었나 보구나. 좋아. 그럼 너의 타라스크 갑옷을 고맙게 받을게. 넌 이 세상의 영웅이 될 테니까 영웅의 갑옷을 받을 수 있는 영광을 놓치지 않겠어."

둘은 조용히 미소 지었다. 그때 누군가 문을 두드리는 소리가 들렸다.

"어이, 셈! 고바난! 둘이서 날 빼놓고 무슨 작당을 하는 거야?"

준수의 목소리였다.

"새로운 손님이 온 것 같군. 이제 우리 분위기 좀 바꿔 볼까?"

고바난은 셈에게 눈을 한 번 찡긋했다. 그리고 집에 준수를 들였다. 준수는 먹을 것이 가득한 바구니와 음료수를 들고 나타났다.

"뭘 하는지 모르겠지만 나도 좀 껴 주라고."

남자 셋은 한 방에 모여 시답잖은 이야기를 나누며 밤새 낄낄거렸다. 당장 내일 무슨 일이 벌어지든 오늘 밤에는 아무것도 기억하지 않기로 약속한 사람들처럼 보였다. 그들은 흥이 돋아 웃고 떠들었다.

꿈과 같은 밤이 어느새 지나가고 날이 밝았다. 셈은 떠나기 위해 짐을 꾸리고 마을 밖을 나갔다. 고바난과 준수, 마을 사람들, 그리고 카르카단 무리는 마을 입구까지 셈을 배웅하러 나왔다. 셈은 마을 사람들과 마지막 작별 인사를 했다. 보이코도 떠나는 게 아쉬워 보였다. 그리고 그 사이 술희랑 친해졌는지 술희에게도 작별 인사를 하고 있었다.

"너처럼 좋은 녀석을 못 알아봤다니 내가 바보였어."

셈은 카르카단 무리에게도 작별 인사를 건넸다.

"이제 너희는 자유야. 앞으로 여기 있는 동안 너희를 괴롭히는 사람은 없을 거야. 너희들의 서식지에서 행복하게 살아."

셈은 아쉬움을 뒤로한 채 마을을 떠났다. 준수는 셈에게 가장 가까운 마을이 있는 곳을 알려 주었다. 그리고 나머지는 그 마을 사람들이 더 잘 알 것이라고 일러 주었다. 셈이 가야 할 곳은 정해져 있었다. 셈이 가는 곳은 언제나 '가장 높은 곳'을 향하게 될 것이다.

"셈!"

셈의 뒤에서 짐승의 울음소리가 들렸다. 셈이 소리가 난 쪽을 보니 길 옆에 나 있는 나무 숲 사이로 카르카단이 모습을 나타냈다.

"어? 부대장 카르카단이구나. 여기까진 무슨 일이야? 어서 돌아가. 더 멀리 갈수록 위험하다고."

"셈. 나도 데려가. 무슨 모험을 하는지 모르겠지만 네가 하는 일이면 나도 돕고 싶어."

"아냐. 너무 미안한 말이지만 더 이상 나가면 너무 위험해. 나도 널 지켜 줄 수 없을 수도 있어."

"괜찮아, 셈. 그런 건 나도 알고 있어. 난 그냥 네가 하는 일을 돕고 싶어. 그게 내가 태어난 이유인 것 같아."

셈은 카르카단의 머리를 쓰다듬으며 빙그레 웃었다.

"좋아. 후회하기 없기다."

"좋아."

"그럼 우리 계약할까?"

"응."

셈은 인적이 드문 곳에 판판하고 큼직한 바위를 찾았다.

"그럼 계약하기 전에 너에게 이름을 지어 줘야지. 넌 뿔이 세 개니까 앞으로 삼뿔이라고 부를게."

"알겠어."

셈은 그 바위에 글을 새겨 넣었다.

셈과 삼뿔이는 이곳에서 신성한 계약을 맺는다.
셈은 목숨을 다해 삼뿔이를 돌볼 것이고,
삼뿔이는 목숨을 다해 셈을 섬길 것이다.
이 계약은 죽음 이외에 그 누구도 갈라놓을 수 없을 것이다.

셈은 손에 피를 내어 바위 아래에 손바닥 자국을 남겼다. 삼뿔이는 꼬리에 피를 낸 뒤 꼬리 자국을 남겼다. 계약을 마치고 셈은 삼뿔이 위에 올라탔다.

"이제 가자, 삼뿔아. 많이 겁났는데 네가 있으니까 훨씬 든든하다. 나와 계약해 줘서 고마워."

셈과 그의 무리는 다음 목적지를 향해 길을 떠났다.

신들의 거처

셈의 여정

ⓒ 윤대현, 2022

초판 1쇄 발행 2022년 8월 3일

지은이	윤대현
펴낸이	이기봉
편집	좋은땅 편집팀
펴낸곳	도서출판 좋은땅
주소	서울특별시 마포구 양화로12길 26 지월드빌딩 (서교동 395-7)
전화	02)374-8616~7
팩스	02)374-8614
이메일	gworldbook@naver.com
홈페이지	www.g-world.co.kr

ISBN   979-11-388-1163-7 (03810)